JN179908

集英社オレンジ文庫

金物屋夜見坂少年の怪しい休日

紙上ユキ

本書は書き下ろしです。

金物屋 夜見坂少年の 怪しい休日

かなものや よみさかしょうねんの あやしいきゅうじつ

もくじ

イラスト／宵マチ

人魚

1

「そう、世の中にはおかしなこともあるものですわね。

あの、暴君の見本みたいな人が、おしまいの頃には、まるで仏様のように穏やかになって。それはもう、いつもにこにこ機嫌が良くてね。おかげで、こちらでもずいぶんやさしい気持ちで身のまわりの世話ができましたのよ。

なんだか、まるっきり人が違ってしまったみたいでしたけど、長年あの人に仕えてまいりましたわたくしどもといたしましては、手放しにありがたいことでしたわね。

あの人を嫌って家に寄りつきもしなかった子供たちも、しげしげ父親に顔を見せに帰ってきてくれるようになりましてね。

そうこうするうちに、あの人、親にも触らせなかった秘蔵の持ち物を、あっさり子供たちや使用人に譲ってやるようになりましたの。ええ、些細《ささい》なことでございますけれど、食べる物なんかもそうでございましたわね。

どんなときにも、どんなものでもひとり占めにして、けっして他人に分け与えることをしなかったあの人が、嘘《うそ》のように鷹揚《おうよう》になって。自分はもうじゅうぶんだから、おまえたちおあがり、だなんて、やさしいことをおっしゃって、ねえ――」

そこで、夫人は手にしたハンカチを目元に押し当てた。

「……大袈裟《おおげさ》なようですけれど、どれも以前の主人からは考えられないことでしたのよ。

ただ困りますのはね、よくよく気をつけておかないと、何でも気前よく人にやってしまうところでした。ですから、亡くなる前のふた月ほどは、財産はこちらで管理しておりましたの。このご時世、手放すことばかりをしていたら、あっという間に路頭に迷ってしまいますでしょう？　現に、それ以前に、大金を騙《だま》し取られていたわけでございますし。

高慢で、疑い深くて、強欲で。とにかく、家人といえども、他人を信用することが少しもできない人だったんです。自分のまわりに高い壁を巡らせて、人を寄せつけないんですの。じっさい、病を得るまでの主人は、ひとりで居室にこもっていることがほとんどでしたわ。そのくせ、まわりの人間が思うようにならなければ承知ができないというふうで。少し、残忍なところもございましたわね。

ところが、亡くなる前の三月《みつき》ばかりは、そんな難しい性分もすっかり鳴りをひそめましてね。あれほど執着していた財産を、わたくしどもが預かる段になっても、ひとことの不平も口にいたしませんでした。こんなことを言うのは不謹慎《ふきんしん》だとお思いでしょうが、長く連れ添ってきて、その三月の間が初めてでしたの。あの人に、あたりまえの家族に持つような、あたたかい同情心を抱いたのは。

ほんとうに、不思議ですわね。病というものは、ああまで人を変えてしまうものなのでしょうか。じつのところわたくし、あの人の性分は、死んでも変わらないんじゃないかと思っておりましたのよ」

たっぷりと汗をかいた硝子《ガラス》のコップが、座卓の上にいびつな水たまりを作っていた。手伝いが運んできたときには、大きなかたまりだったふたつの氷かけらは、すでに跡形もなく溶けて、コップの半ばあたりで、透《す》きとおった上澄《うわず》みに変わっている。美しく整えられた晩夏の庭で、つくつくぼうしが盛んに鳴きたてていた。

「ご協力、感謝します」

奥方の、証言とも世間話ともつかない長話に一応の区切りがついたところで、夜見坂静《よみさかしずか》は礼を言って、頭を下げた。立ち上がりながら、ちらりと腕時計に目を遣《や》った。座敷に案内されてから、ゆうに一時間はたっていた。

静は奥方と手伝いに見送られながら、部下と一緒に邸《やしき》の門を出た。

まわった三軒が、三軒とも、同じような事情を訴えた。

貴族、実業家、高級官吏《かんり》、邸のあるじの肩書きが変わっても、得られた証言は、どれも似たりよったりだった。

もともと抱えていた重い病であるじが急死した後《のち》、財産のなかから、現金がごっそり消えていることに気づいたというのである。

被害額は、十万円。庶民なら、一生、手に触れるどころか、目にすることもないような大金である。当然の成り行きとして、彼らは警察に被害届を出した。消えた現金の行方を調べてほしい、できることなら取り戻してほしい、というのである。

とはいえ、何ともつかみどころのない訴えではあった。事件性があるのかないのか、肝心なところがはっきりしなかったからである。

おそらく、それがただ一件だけの事例だったなら、まともに取り合われることもなかったはずである。ところが、数が重なった。そうなると、無視するわけにもいかなくなった。詐欺《さぎ》事件の疑いが発生したからである。

——しかし、大の大人が使った金の行方が、わかるものかね。

その仕事を割りふられたとき、根っからの庶民である静は心中で苦笑した。金満家の気持ちや、やることになど、まるで想像が及ばなかったからである。

しかし、仕事は仕事である。手はじめに、主人の性質や死亡するまでの行動について、家人の証言を取ることにした。

彼らは、家庭内における独裁者であった。

その点で、三者の立場は共通していた。もっとも、これは世にありふれた家長像で、特に有意な情報とはいえなかった。

奇妙なのは、ここからである。独裁者として数十年を生きてきたにもかかわらず、病を得、死を目前にして、突然人が変わったように温和になり、三人が三人とも、すこぶる平和な晩年を迎えたというのである。

恩に着せることもなく持ち物を与える、怒らなくなる。思いやり深くなる。その結果、家族仲は劇的に改善したということであった。

大金の紛失が事件であるにせよ、ないにせよ、淡々となすべき仕事を片づけながら、静は、その点だけには興味を持った。

通常、独裁者は、死ぬまで独裁者としてあるものだからである。

どこかしら、牧歌的な感じのする案件だった。もとより、裕福な家庭のことである。十万円が消えたからといって、すぐさま家族が生活に困るというような気遣いはなく、したがって、どうしても深刻味が薄く感じられた。世は、より差し迫った数多《あまた》の不幸と犯罪で満ちている。

とはいえ、詐欺犯罪の可能性が消えない以上、捜査は遂行されなければならなかった。不正を取り締まるのが、警察官の役割だからである。

庁舎に戻ると、入り口にまで、暑苦しい男の怒鳴り声が聞こえていた。

「約束があるんだ。明後日、日没後、白波《しらなみ》海岸だ」

じつに具体的な訴えである。

「それで、まとまった金が手に入る。ほんとうなんだ。だから早くここから出してくれ。この取り引きがふいになっちゃ、返せる金も返せねえ。そうなったら、お前らのせいだぞ。わかったら、さっさとこの縄をはずしやがれ――」

あとには罵詈《ばり》雑言《ぞうごん》が続いた。厳しい残暑に加えて不快なこと、きわまりなかった。

受付に立っていた巡査が、苦い顔をしている静の様子を見てとって、肩をすくめた。

「借金不払いで、留置されているんですよ。呑《の》み屋のつけが一年分もたまっているうえに、博打《ばくち》でこしらえた借金もあるらしくて、今週中に不足なく返すことができなければ、監獄《かんごく》行きです」

「誰か、立て替えてくれる人間はいねえのか？　親類か友だちか……」

「いないでしょうね、あれじゃあ。正真正銘のろくでなしですよ。週末になれば金ができると怒鳴り散らして……あのざまです」

静は、巡査の視線の先に目を遣った。取り調べ室のドアが開け放しになっていた。若い男がふて腐れた様子で、床に座り込んでいるのが見える。だらしなくシャツを着崩した男は、ときどきまわりを威嚇《いかく》するように大声を張り上げた。

静は顔をしかめた。

「確かに、いかんやつの典型だな」

「でしょう？　しかも、その金を作るあてというのが、またいかんのです。どこかのお屋敷に、十歳になる弟を奉公に出す約束をしているというんですがね――」

「しかし、そんな子供を屋敷奉公に出したところで、たいした給金はもらえんだろう」

「やつは、支度金だけで五百円になると言っていますよ」

「それは、ふつうじゃねえな」

「私もそう思います」

「子供が気の毒だ」

「しかし、子弟の扱いは、年長の親族の権限に属しています。法は、彼らに、子弟の監督《かんとく》権を保障しています。我々が口を挟めるような問題じゃありません」

「わかってるよ、そんなこたあ。おかげでこの頃じゃあ、人身売買が合法同然だ」

静は、のろのろと身体《からだ》の向きを変えた。

「巡査長、どちらへ？」

「ちょっと出てくる。ただでさえ暑さでうだりそうだっていうのに、こんなとこにいたんじゃ、気分が悪くてかなわねえ」


家の奥から持ち出してきたブリキのバケツを、夜見坂はどんと路上に据《す》え置いた。バケツのなかには、なみなみと水がたたえられている。揺れる水面に飴《あめ》色の陽射《ひざ》しが跳《は》ねて、あたりにまぶしい輝きをまき散らした。空の色を映した水鏡。

金柄杓《きんひしやく》がそれを割る。すくい取られた鏡の破片《はへん》は、さらに路面に弾《はじ》けて、夜見坂の顔や、店の軒下《のきした》や、乾いた道路に、陽の光をふりこぼした。

打ち水の最中であった。

夜見坂は柄杓に水をすくっては、せっせと通りにまくことを繰り返した。

まかれた水は、夕方の光をきらきらと反射しながら路面に落ちて、乾いた土の色をつかの間、色濃くした。

蟬《せみ》しぐれがやみ、熱い、粘り気のある空気が街なかをすっぽりと覆っていた。

店の前を人が通りかかったので、夜見坂はしばらく水をまく手をとめた。

手持ち無沙汰《ぶさた》に何気なく通りの先に目を遣ると、夕方の赤金色の陽射しに身を浸しながら、こちらに近づいてくる人物がいる。顔に流れ落ちる汗をしきりとハンカチで拭いながらやってくるのは、白い箱を片手に提《さ》げた大柄な男である。

彼の姿を見つけた夜見坂は、すぐに手にした柄杓をバケツに放り込んで軒下に片づけた。

それから、大きな声で呼びかけた。

「静さん！」

男が顔を上げた。

そのまま、まっすぐに夜見坂の前まで近づいてきて、大儀そうに言った。

「いつ見ても……何の悩みもなさそうな顔をしているな。おまえは」

夜見坂は、そんな静の無礼な発言に少しも動じることなく訊《き》いた。

「いま、仕事の帰りですか？」

「まあな、今日はちょっと早じまいした。ほら、土産だ」

静は手にした箱を差し出した。

夜見坂はその白い箱を受け取って——いったん箱に落とした視線を、また静の顔に戻した。

夜見坂の見せた生ぬるい反応に、静はつと眉を寄せた。

奇妙である。土産をやったというのに、どういうわけか、あまりうれしそうではない。

——いったい、どうしたんだ。

さては腹でも壊しているのか、と疑いかけたところで、理由が知れた。

「……また、これなんだ」

静は、思わず自分の耳を疑った。なんと、土産の内容が気に入らないらしいのである。

——ありえん。

理解しがたい夜見坂の反応に、静は大きな口を極端なへの字に曲げて、いったんは差し出した箱を、夜見坂の手から取り上げた。

「気に入らないんなら返せ。ほんとうだぞ。このまま持って帰るからな。あとで無性に食いたくなって、泣きながら後悔しても知らんからな」

強硬な態度に出た静に、夜見坂は口をとがらせた。

「誰も気に入らないなんて言ってないでしょう。いい齢《とし》をして、大人げないんだから」

夜見坂は静が引っ込めた箱を、力ずくに取り戻した。

先に立って薄暗い店のなかに引きあげていきながら、あとをついてくる静を振り返った。

「ただ、ちょっと不思議に思っただけじゃないですか。

どうして静さんの手土産はいつもバウムクーヘンなんだろう、とか。

たまには何か、違うものを持ってきてくれたってよさそうなものなのに、なぜそうしないんだろう、とか。

それ以前に静さん、毎回自分の手土産をお供にしてお茶を飲んでいくくせに、一度くらい、他のものを食べたいって思ったことはないんですか。じっさい感心します。よくまあ、飽きないものだなって」

「そうかい。まあ、おまえの言いたいことは、だいたいわかった」

夜見坂の言いぐさは癪《しやく》に障《さわ》ったが、言われてみれば、ほんの少し、了承できるところがないではなかった。だからひとまずは、夜見坂の言い分を認めてうなずいた。

が、態度のほうはそうはいかなかった。納得とは無縁の不平顔で続けた。

「確かに俺は、落ち着きのない子供心をわかってやれねえ、くたびれきった大人かもしれん。しかしな、考えてもみろ。こいつがうまいってことばっかりは、動かしがたい事実だろうが。何をどう考えたってうまいじゃないか。菓子として、これ以上に大事なことがあるか？　まったく、いったい何が不服なのかわからんね。俺は、何べん食っても飽きねえがな」

静は、『俺は』の部分をことさらに強調しながら言った。

夜見坂ははじめのうちこそ、不服そうにしていたが、その言い分を聞いているうちに、やがて機嫌をなおした。とうとう静にやさしく笑いかけた。どことはなしに憐《あわ》れみをたたえた微笑――それは紛れもなく、保護者の笑顔だった。

「なんだ、そうだったのか」

夜見坂は押し入れから座布団を取り出しながら言った。

「いまの発言で、事情はよくわかりました。静さん、やる気だけは人一倍、あるんですね。だけど残念だな。相手を喜ばせようとする意気込みだけはじゅうぶんなのに、ほんとうに惜しいな。静さんの素朴《そぼく》な真心を、持ち前のセンスのなさが裏切るんだ。そもそも贈り物というのは、自分の好きなものじゃなくて、相手の好みに合わせてするものなんですよ。だけど、おれは嫌いじゃないです。静さんのそういう一途なところ。いったん好きになったら、よそ見をしないでとことんつき合うなんて、ちょっとすてきだもの。まあ、操をたてる相手が女性じゃなくて、お菓子っていうのが泣けるところですけど」

夜見坂の指摘に、静は、むっと唸《うな》って口をつぐんだ。

それにしても、ずいぶんな弱みを握られたものである。

いかつい外見に似合わず、静は照れもせず、気負いもせず、女性に対してごく平静に接することのできる、当世めったにない種類の男であった。ひとえに、ふつうとはいっぷう変わった家庭教育の成果である。

どこの家にも、他所《よそ》とは違う信条なり、運営方針なりがあるものだが、夜見坂家のそれは、現代、当国において、ずいぶん異質なものであった。根本のところで伝統的な価値観から外れていた。

男女についての考え方も、もちろん例外ではなかった。その伝によると、女は、男に比べて、高いものでも低いものでもないのである。

だから静はふつうの男のように、女性や、年少者や、外国人を、ただそうであるというだけで一律に『劣った人間』だとは考えていなかった。単に、『自分とは体質の違う人間』だと思っていた。おかげで、静は世の男の例にも似ず、女性に高圧的に出ることなく、といって変に下手に出ることもなく、ごく和やかに接することができる平和的な人間に生い立った。

しかしそれは、ふつうの女性を相手にした場合の話である。特別な好意を抱いた女性となると、まったくその限りではなかった。『良く思われたい』という、いじましくも正直な心根が悪い方向に作用して、ことごとく静のじゃまをした。

和やかな会話どころか、そばにも近寄れなくなるのである。どうにかこうにか、かかわり合いになろうとしても、冗談のように態度が硬くなるので、相手を怯《おび》えさせてしまう。が、もちろん当人に、込み入った事情を説明する余裕のあるはずもない。

そんな調子なので、相手は決まって静を誤解し、敬遠した。まさかの静の好意に気づくはずもなく、あっさり別の男性と結婚してしまう。それが静の恋の、お定まりの結末だった。

この、一般的な女性の、結婚における待ったなしの決断の速さが、静にとってはなかなかの難物なのだった。好意を持った女性に、じっくりと自分を見てもらう暇がない。他の候補者に第一印象で大きく水をあけられ、しかしそれを覆《くつがえ》す手段も時間もないまま、静の望みはひっそりはかなくついえるのだった。

といって、同僚たちのように適当に見合いで身を固める気にもなれず、結果、この齢までひとり身である。

そんな静の個人的な事情をなぜ、この少年が知っているのか。

もちろん、静自身が話したからである。そんなつもりもないのに、水を向けられ、鎌をかけられ、打つ手をほのめかされ、すっかり白状させられてしまうのだ。

もとは別の話をしていたつもりが、どこでどうなったものか、おしまいには心にひっかかっている思案ごとを、洗いざらい打ち明けさせられてしまう。その手際《てぎわ》ときたら、我が身内ながら、恐ろしいくらいだった。

そもそも、なぜ片想いをはじめるたびに、毎回それを見抜かれてしまうのだろう。ことによると、恋する人間というものは、常人の目には映らない特殊な気配を垂《た》れ流しているのだろうか。けだし、まじない屋というのは油断のならない人種である。

非常に痛いところを突かれて、静はつい、声を大きくした。

「おまえな、好きだの嫌いだの、そうそう気安く口に出すもんじゃねえぞ。男は余計なことは口には出さずに——仕事っぷりで、己の信条を語るもんだ」

そうやって、せいぜい『大人の男』らしい体面を保とうとした静を、しかし夜見坂はさらなる憐れみをたたえたまなざしで見た。

「そういうのも、よくないんだ」

「どういうのだ」

「このさいだから、静さんの幸福を心から願う保護者として、反発覚悟ではっきり言わせてもらいますけど、そういう考え、いますぐ捨てたほうが身のためです。おれは静さんを不自然な社会通念の犠牲者にしたくありません」

「なんだよ、その、不自然な社会通念ってのは」

「社会的義務を果たすことと、人格を制度に売り渡すことは別だって話です。静さんはやっぱり静さんのものなんだから、そうきっちり型にはまることなんてないんだ。男女差なんて、人間というくくりでみればないも同然なんだし、個体差を問題にするなら、性別の区別なんか問題にならないくらい、どの人もそれぞれに違っているものです。古今東西、単純な分類法――とくに二分法は、その様式に納まりきれない、たくさんの人たちを不幸にしてきたでしょう? なかでも、『男の鋳型《いがた》』っていうのは、とかく、謎の価値や基準で形成されているものだから、不幸な男性は世に絶えません。女の人の不幸とは違って、自業自得の気味は否めませんけれど」

静は顔をゆがめた。

「おまえと話していると、ときどき頭が痛くなってくる」

「いいことです。何かが鍛えられているときって、たいてい、どこかに痛みを感じるものですから」

涼しい声で返されて、静はため息をついた。保護者ってやつはどうにも説教くさくていけない、と思いかけ――静はあわててその考えを取り消した。

――いやいや、俺はべつに、こいつを保護者だと認めたわけじゃねえからな。

静は目の前の少年が、単なる書類の上の事実とはいえ、自分の叔父にあたるという納得のいかない現状に憮然《ぶぜん》としながら言った。

「まあ、俺の話はどうでもいい」

静はちゃぶ台の前で胡坐《あぐら》を組み直した。すでに放射状に切り目を入れられたバウムクーヘンに手をのばし、ぽいと口のなかに放り込んだ。じっくりと咀嚼《そしゃく》する。

そして——今日もまた、感動を新たにした。

——やはりこの菓子はうまい。誰に何と言われようと、うまい。


「それじゃあ、用件を聞きます」

薬缶を提げて勝手から戻ってきた夜見坂は、静の前に硝子のコップを置いたあと、居住まいを正した。

「何か相談ごとですか？　それとも、悩みごとかな」

「なんだい、べつに話があって来たわけじゃねえよ」

「ごまかさなくてもいいです。盆暮れでもないのに、静さんがただ遊びに来てくれるなんて、ありえないもの。

ひょっとして、このあたりで事件でもありましたか？

だけど殺人事件……なんかじゃ、なさそうだな。それだったらいまごろ、野次馬《やじうま》がたくさん出て、大騒ぎになっているだろうから。

なら、泥棒かな。わざわざ巡査長が出張ってくるくらいだから、常習犯による連続空き巣事件とか。だったら、うちも気をつけなくちゃ」

「そんなんじゃない。それに、このあたりを泥棒がうろついていたところで、おまえんとこの店は大丈夫だろ」

「それ、どういう意味ですか」

むっとした夜見坂を無視して、静はちゃぶ台に頰杖《ほおづえ》をついた。

土間に架け渡した洗濯ひもに、ずらりと並べて干してある布巾を、見るともなく眺めながら言った。

「急におまえの顔が見たくなったんだよ。ちゃんとここにいるのを、確かめたくなった」

照れもせず、非常に率直な発言に及んだ静の顔を、やはり平気な様子の夜見坂が、まじまじと見つめた。

「それ、好きになった女の人に言えたらなあ」

しみじみとした口調が、かえって切実さを感じさせた。

おかげで、今度は静が不服顔になった。

「うるせえ、人の気も知らねえで」

「なんだ。やっぱり、悩みごとがあるんじゃないですか」

にっこり微笑みかけられて、静は今度も、あえなく口を割った。

「ときどき、人類に絶望——って、気分になるんだよ」

四切れ目のバウムクーヘンをもさもさと噛《か》みながら、静は言った。

「でもまあ、わかりやすい悪人はいいんだ。遠慮なくひっくくって、監獄にぶちこめるからな。

俺は、講談本や、絵草紙を愛読して大きくなったくちだから、至って単純な話が好みでね。『納豆公爵《なっとうこうしゃく》の冒険』とか『居候王子《いそうろう》』なんてのは、とくによかったな」

静は、その物語に親しんだ子供時代のときめきを思い出したらしく、つかの間あらぬほうに目を遣って、にやにやとした。

『納豆公爵の冒険』というのは、世に知られた講談話だった。諸州漫遊を道楽にしている隠居公爵が、お供の剣豪、醤田油三郎《しょうだゆさぶろう》と、知恵者、辛子葱之進《からしねぎのしん》とともに、金力や権力にものを言わせて、やりたい放題に悪事をはたらいている悪人を退治してまわる物語である。

そのさい、身分の上下にかかわりなく厳しい裁断が下されるのが、人気の秘密だった。おおよそ、善用される公権力ほど、読者をうっとりとさせるものはないのである。

「虐《しいた》げられた庶民を助け、手に負えない悪人をすぱっと成敗するわけだ。うん、やっぱりあれはよかった。

しかし、現実はそう、簡単じゃねえんだな。かえって弱者が弱者を虐待するのが目につくくらいでなあ。

なかでも性質が悪いのは、子売りだな。法には触れんが、あれはひどい。場合によっちゃ、殺人より罪深いことかもしれん。貧しさのせいだ、他家の事情に口出しするなって言われちまうと、ぐうの音もでねえけどよ、そんな話に行き当たるたびに、嫌あな気分になる。

じつに不公平の世の中だ。一方じゃ、十万円騙し取られても、びくともしねえ家が、ひとつならずあるっていうのに」

「ふうん、十万円か。凄《すご》いんだな。いったい、どんな手口でやられたんだろう」

「ま、ほんとうに騙し取られたかどうか、確かなところは、まだわからないんだがな。なにしろ、被害者が皆、墓に入っちまっているもんで、裏付けの取りようがない」

「だけど、おおよそのことなら、わかるかもしれませんよ。どうかな、皆さんに共通する道楽なんか、ありませんでしたか」

「ああ、道楽に大金を呑まれちまったって線か」

「ええ。たとえば、色街や相場——」

夜見坂が薬缶を持ち上げた。

空になった静のコップに、黒々とした麦茶をどぼどぼと注ぎながら言った。

「遊郭《ゆうかく》と取引所、どちらも幻想の毒煙で客を血迷わせて、けっこうな大金をたちまち蒸発させてしまう恐るべき魔所です。人身売買と、架空経済の総本山。社会悪の二大発生源です。しかも、それにもかかわらず一連の犯罪行為を正当なこととして、世間に納得させてしまう、あれは悪魔の欺瞞《ぎまん》装置でもある。ほんとうのところ、かえって大きなお金のほうが、失うのに時間って、必要ないものでしょう？」

まるで子供らしくない態度と言いぐさに、静はたちまち困惑顔になったが、夜見坂は平気で先を続けた。

「これ、いつか、父さんに聞いた話なんですけど。むかし、堅実な父親が一生をかけて作った大層な身代《しんだい》を、たった半月で失《な》くしてしまった人がいたそうですよ。

彼の転落のきっかけは、往来に落ちていた紙入れを拾ったことだったらしいんですけど、これぞまさに、運命の暗転ってやつだな。

人生の落とし穴って、意外なところに口を開けているものなんだ。情熱もいいけれど、人間、真に持つべきものは、危険を回避するための健全な思考力と想像力ですね」

夜見坂はそんなふうに結論して、唐突に話をたたんだ。

静は不審のまなざしを夜見坂に向けた。

「待て、待て。何で拾いものをしたくらいで、いきなり身代が消えるんだ？」

「その紙入れにお金と一緒に入っていた手紙というのが、いまを盛りにときめいていた太夫《たゆう》さんにあてたものだったからです。うかつにも、彼は親切心から、それを直接、妓楼《ぎろう》に届けに行って——」

「ああ……」

静は納得のため息をついた。

「色里との悪縁ができちまったってわけか」

夜見坂が神妙な顔つきでうなずいた。

「ところでこの話、人間の自制心の無力さを思い知らされる逸話だと思いませんか。もとより悪徳商人は、人の弱みにつけ込んでお金を稼ぐのに容赦《ようしゃ》も躊躇《ちゆうちよ》もしないものだけど、それを承知で毎日毎日、おもしろいようにたくさんの人たちが博打や売春商売にひっかかるのはなぜなんでしょう。そういう客が不毛な散財を繰り返しつつ、結局は本人のみならず、家族の血の一滴まで搾《しぼ》り取られてしまうという事実は、人の意思の力の限界を教えるものなんでしょうか。

　だとしたら、悪徳商人に対して凡人が講じうる自衛策は、はじめからそういう商業施設には一切、かかわらないようにすることだけだな。遊郭は女性にとってはもちろん、客にとっても、毒にしかならないところです。

　ああいう施設の何が罪深いかって、男女を双方で、心底憎悪させるところだと思います。お互いを、感情も自尊心もある人間として見る目を奪う――他者との地獄的な関係を成立させてしまう。

　あんなものが『あるべきもの』として認められている社会では、女の人にとっての男の人は、直接的な加害者として、言うまでもなく憎むべき存在になります。一方で、男の人にとっての女の人も、屈折した形で嫌悪の対象になります。欲望の支配を受けている自分自身に対する幻滅と嫌悪を、弱い立場の女性に反映させて憎むんです。

　もちろん、表面的には享楽を楽しんでいるように見えるかもしれません。だけど、顕在《けんざい》的にであれ、潜在的にであれ、相手に嫌悪を感じざるをえないから、深刻な女性蔑視《べっし》と男性嫌悪の風潮が生まれる。それが社会全体に波及する。

　客や事業者として直接かかわっていない人だって、関係ないようでいて、そうじゃないんだ。『存在するもの』は、やっぱり影響力を持つんです。ああいう施設の存在自体が、たくさんの人の心を不安にする」

「確かにそうかもしれないがな。しかし、それでも求める人間がいるからこそ、ああいうものはなくならんのだろう」

「そのとおりです。放恣《ほうし》な欲望を、男性性の証《あかし》として容認する社会では、自制する必要なんてありませんもの。あるいは、身を売らなければ生きられない人を量産する、残念な世の中では。

　ここにはあきらかに、男性性と支配にまつわる胡乱《うろん》な価値観が根深く関与しています。誰かの勝手で過剰な欲望が生んだ、悪い物語。

　だいたい、他人をあんなふうにあからさまに迫害しなきゃ成立しない商売なんて、放置しておいていいわけがありません。どうしてもそれが必要だっていうんなら、他に何か、かわりになるものを探すべきなんだ。それがないっていうのなら、もう、作るしかありません。良い商売は、三方得っていうでしょう？　商《あきな》いは、生産者と消費者と仲介者の正直な結果でなくちゃ。どこかで大損が出るのは——この場合は、売られる女の人ですけど、とんでもない不正がある証拠です。このさい、君子でなくても、危うきには近寄らずです。静さんも自分だけは大丈夫だなんて、ゆめ、過信しないことです」

「言われなくても、俺は悪所通いなんかしねえよ。

だいたい、人の売り買いが世間であたりまえみたいに許容されていること自体、俺は気に食わねえんだ。確かに遊郭はまっとうな娯楽施設なんかじゃねえな。犯罪施設だ。なのに買い手が堂々としているから、売り手があとからあとからわいて出る。可哀《かわい》そうなのは足もと見られて二束三文で売られてくる女や子供らだよ。何にせよ、あんなふうに人を売り買いして当然、これこそ世の習いでございなんてのは、考え違いもいいところだ。

冷静に考えてみりゃ、確かに首筋が寒くなってくるぜ。いまにとんでもねえ罰《ばち》があたるに違いねえ、ってな」

夜見坂は首をかしげた。

「罰か……。だけど、何がそれをするんだろう。現行の法は、そういうものを裁きませんよ」

「いくら法には触れねえっていってみたところで、そんなのはごまかしだろう。関係者が皆、犯罪者だってことには変わりがねえや。こんなふうに現状を黙認している俺だって、まったくの潔白だとは言えねえよ。諾々《だくだく》と警官という身分と職務に従って、禄《ろく》を食《は》む身だ。法に触れねえってことになっている以上、勝手に手出しもできねえしな」

いくらか気弱に吐き捨てた静に、夜見坂はにっこり微笑んだ。

「よかった。静さんは、この国の『ふつう』に、毒されてないみたいだ。安心しました」

静は心外そうに口をとがらせた。

「こいつは見くびられたもんだぜ。おまえこそ男ってものが十把《じっぱ》ひとからげに、なしてしかるべき自制もできんような、哀れな生き物だなんて与太《よた》話を信じているわけじゃあるめえな。諸々《もろもろ》の欲はまあ……俺にも人並みに備わっちゃいるが、それはそれ、べつに犯罪に手を染めなくても、どうにかなるもんだろう？　なんにせよ、人の身体や命の売り買いをあたりまえって考えるのは間違いだな。そんなことをしたら、泥棒も、殺人も、食い逃げも、これまたあたりまえと認めなきゃならなくなる」

静は強い調子で言い切ったあと、夜見坂の顔を見て——思いがけず行き当たった、子を見守る親さながらのあたたかなまなざしに、きまり悪く視線を泳がせるはめになった。

ごほん、

と、静はとりあえず大きく咳《せき》払いをして、傾きかけた体面を立て直した。

「まあ、なんだな。遊郭の存在を『子孫繁栄を志向する男の生理』によりやむなし、などと公言する似非《えせ》学者もあるが、なるほどありゃあ、いかにも手前勝手な言い分だな。それがほんとうなら、どうしてその手の男ほどむやみに妻子を捨てたり、売ったりするんだ？　それ満足に飯も食わせられんくせに妻女や子供の数ばかり増やして、あげくに死なせてしまうことを子孫繁栄とは言わんだろう」

忌々《いまいま》しげに言い添えた静に、夜見坂は神妙にうなずいた。

「それはやっぱり、本能のせいにしておいたほうがいろいろと都合いいからじゃないかな。『摂理』を口実にして、腕力や経済力に乏しい人を蔑視したり、隷属《れいぞく》させたりする社会は、世界中に無数に存在しますもの。

その伝に従うと、支配者の非道はすべて、誉むべき英雄物語になってしまう。いかにも腑《ふ》に落ちない話です。古い習慣は、ただ長く採用されてきたという理由で、支持され続けるべきなんでしょうか。

摂理の申し子であるところの支配者は狡猾《こうかつ》です。国民の検証能力を奪っておくことにかけては、おおよそぬかりがありません。彼の支配下にある大勢の人々がことの真相に気づくまでの時間の長さ、まともな生活を取り戻すまでに支払わされる代償の大きさといったら、気分が悪くなるほど莫大です。しかも、長い悪政のうちに積み重なった因果は、どうしたって全体を大きく損なう方向にしか作用しない」

「はあん。愚民政策に独裁政治か。そりゃ、どこの国にも覚えがありそうな話だな」

静が、短いため息とともに相づちを打った。

「じっさい、冷静に実利を考慮するのなら、支配者自身が最も余計な存在である可能性は高いです。なにしろ、彼らはたいていの場合、悪質な虚言者なんだもの。あらゆる必要と不必要を、神のように判断さえしてのける。

だけど、ものの要、不要なんて、すべてが終わったあとに後世の人が暇つぶし半分に判断することで、事前に正しく言い当てることなんて、できないんじゃないかな。厳しいことを言い出したら、この世に必ずなくてはならないものも、人も、ないような気がします。なのに、自らの高貴や英明を信じる虚言者は、なぜかやっぱり多くの人たちから求められるんだ。無責任な『虚言』は、ありがたく鵜呑《うの》みにされて、皆が『そんなものだ』なんて納得してしまう。不思議なことに。

ある社会において抜き差しならない宿命のように思われていることも、外から見れば、単におかしな因習でしかないってことは、よくあることでしょう？　どこの社会でも、長年慣れ親しんだことって、理屈抜きに好まれがちですし。いったいなぜなんでしょうね」

「そりゃあ、あれだ。知らぬ仏より馴染《なじ》みの鬼、とかいうやつじゃねえのかな」

いいかげんに応じた静に、夜見坂が不満顔を向けた。

「何につけ、ものごとの功罪をはっきりさせるのって難しいものだけど……それにしたって、このままでいいような気はぜんぜんしないいな」

「なるほど。現状はあらかた、間違いでできてるってわけだな」

静が気の抜けたような笑みをもらした。

「間違い……っていうより、途中なのかもしれません。ある境地に至るまでの。だって、あんまり不完全なんだもの。ざっと見渡しても、しあわせな人がずいぶん少ないみたいだ。これが最適解だなんて認めがたいです。長く命脈を保つ生物の生活ってたぶん、もっとこう……優雅な仕組みに則《のっと》っているものなんじゃないかな。

不幸な社会に欠けている、大事な要素って何だろう。ことによると、皆があたりまえだと思い込んでいることのなかに、間違いが紛れ込んでいるのかもしれないな。社会の発祥以来、見落とされ続けてきた欠陥——もし、それに気づくことができれば、かなりの量の不幸が解消されるはずですよ。きっと」

「そうかい」

静は疑わしそうな目つきで夜見坂を見た。

「しかしおまえの話はどうにもつかみどころがなくて……現実味に乏しい気がするね。人間の不幸ってのは何も、いまにはじまったことじゃねえだろう。生きるのはつらくってあたりまえってな、お偉い坊さんの説教によると、この世は苦しみの泥沼だそうじゃねえか。まったくぞっとしない言いぐさだがな」

「そうですね。でもそれ、ほんとうのことなんでしょうか」

夜見坂は首をかしげた。

「この世が純粋な苦界なんだとしたら、どうして人間は生きることに執着するんだろう。ひょっとして、いまいるところをもっとましな場所にできることを、心のどこかでわかっているからじゃないのかな」

「そりゃ、どうだろうな。この世を住みよいところにするなんざ、俺には人の手には余る仕事に思えるがな」

「だけど、住みやすい世界を目指して人々が努力してきたことは、ほんとうでしょう？　人間はこの世をいいところにするために、ずいぶん古くから対症療法を重ねてきた。たとえば、娯楽やなんかも——古典的なのは深酒、色事、賭《か》け事、決闘やグロテスクな見世物。おしまいにはどれも商業化されるほどに好まれてきた、古式ゆかしい気晴らしです。残念ながら、この種の娯楽が、ちゃんと人の救いになってきたとは言いがたいですけど。かえって世の中をすさませてきたような気がしないでもないし。

　ともあれ、精いっぱいの工夫という感じはします。いまだに廃《すた》れていないところをみると、それなりに取るべきところもあるんでしょう。だけど、この種の娯楽には、深刻な暗黒面がついてまわる。もしかするとこういう娯楽が、道徳も、他人を慮《おもんぱか》る能力も未熟だった古い人間の習性を全肯定するところからはじまっているせいかもしれません。

　でも、だからって、いますぐすっかりやめにするってわけにはいきませんよね。

古い娯楽の暗黒性から逃れるためには、禁止なんかじゃ追いつかない。どうしたって、かわりになるものが必要です。良くも悪くも以前より心を進化させた現代人には、従来のとは違う、もっと実害の少ない、新しい種類の娯楽が必要なんだ。きっと」

「これまでにない新しい娯楽か……はて、そんなものがあるのかね」

しばらく腕組みで考え込んだあと、静は、はたと顔を上げた。

「おっと、いけねえや。話がおかしなほうに逸れちまった。いまは、亡き名士諸氏の消えた大金の話をしていたんだっけな」

静はちゃぶ台の表面を指先でとんと叩いて横道に逸れた話に切りをつけたあと、あらためて先を続けた。

「まあ、そういうわけで、これまで調べたところでは金が色街や相場に流れた形跡は見当たらなかった。念のために、ひととおりの人物調査もしてみたが、揃《そろ》いも揃って、金にはしぶい人間ばかりでな。阿漕《あこぎ》な商売や、職権の濫用《らんよう》——法には触れんが、ずいぶん節操のないやり方で財をなしたくせに、出すほうにかけては守銭奴《しゅせんど》さながらの倹約ぶりときたもんだ。じっさい、彼らのまわりの人間に訊《たず》ねてみても、女や博打に入れ込んでいたっていう証言は出てこなかった。財布のひもはしっかりと自分で握って、他の誰にも触らせないでやってきた、っていうような御仁ばかりでね」

夜見坂が同情するような顔つきになった。

「そういう家長をお持ちのご家族って、いろいろたいへんだろうな」

「まったくだな。ところが、おもしろいのは、そんな人間が、死の少し前から急にできた人物に変わったっていうんだな。金にも、物にも執着がなくなって、その三月ほどあとに、急死している。三人が三人ともだぜ。

もっとも、全員がもとから大病を患《わずら》っていたということだから、死亡したこと自体には不思議はねえんだが。

で、そのあと相続の手続きをする段になって、十万円もの大金が消えていることに気づいた遺族があわてて被害届を出すっていうのが、これも三者共通だ。なるほど、十万ってのは、右から左にあっさり消しちまうには、大きすぎる金額だよな。その金がはたしてどこに紛れ込んだのか――見当もつかないが、できるものなら、そいつを取り戻したいっていうのが家族の言い分でね」

「ふうん。それが、犯罪だったとして――警察は、殺人事件ではなしに、詐欺事件として犯人を追っているんですね。だけど、相手が詐欺師なら、巻き上げられたお金を取り戻せる望みは薄そうだな」

静が苦い顔で同意した。

「それはまあ、無理だろうな。しかし、犯罪者を野放しにしておくと、世の中が悪くなる。そこのところは、どんな犯罪だろうとかわりがねえからな」

言葉面とは裏腹に、熱意のない様子で静は言った。長い長い、ため息までついた。

「なんだか、やる気がなさそうだな」

「そんなことはない」

やはり力のこもらない口調で、静は言った。

夜見坂は、手に取ったバウムクーヘンにぱくりとかじりついた。

「どうせならそのお金、売られる子供の身代金や養育費にでもできればよかったな、なんて考えているんでしょう？　犯罪者にやるんじゃなくて」

静は薄気味悪そうに夜見坂を見た。

「何でわかったんだ」

「顔に書いてあります」

「おまえ、いっそのこと法科を受験して、審問官にでもなっちゃどうだ？　ずいぶんいい仕事ができそうだぜ」

せいぜい皮肉で応じた静に、夜見坂は至って真面目に返した。

「静さんみたいに考えていることがわかりやすい人なんて、めったにいないと思います」

──いいや、おまえの察しがよすぎるんだよ。

と、思ったが、口には出さずにおいた。察しのよすぎる家族を持つのも、なかなか悪くないものだと思った。おかげで遠慮なく愚痴《ぐち》がこぼせる。

「まったくな、金ってやつは、あるところにはあっても、うまい具合にゆきわたらねえもんだな。じつに無念だ。

そういえば今日、出先から戻ったら、留置されている男が、やたらに家に帰せとわめいていてな、何事かと思ったら、この週末に十歳の弟を白波海岸にある屋敷に奉公に出す段取りをしているというんだな。どんなお大尽のお屋敷に勤めることになったのかは知らねえが、支度金が五百円だっていうんだから、なあ？」

「なるほど、買い切りくさい金額ですね。そうか、それで静さん、今日は不幸な子供に同情して、心が弱っていたんだな。日々、犯罪者の相手をしているくせに、意外なところで繊細なんだ。

でも、元気出してください。そういうことなら、ここはおれがひと働きして、その悪者を静さんに、気分よくひっくくらせてあげますから。

ああ、遠慮なんてしなくていいですよ。ちょっとした家族サービスです」

まるで買い物か、庭仕事か、しごく軽い用事を引き受けるような口調で言って、夜見坂が笑ったので、静はぎょっとした。

「おまえ、何を言って——」

そこまで言ったところで、危うく口のなかのバウムクーヘンをのどに詰まらせそうになって、静はあわてて目の前のコップを取り上げた。

2

善京町《ぜんきょう》は今朝も、煎《い》りつけるような暑気のただなかにあった。

白く乾ききった路上に、ゆらゆらと陽炎《かげろう》が立ち上り、その向こうに並んだ建物の輪郭《りんかく》を、いびつにゆがませていた。家々の間に植えられた植栽の緑はあくまでも濃く、鳴きたてる蟬《せみ》の声は昨日と同様、今朝も旺盛《おうせい》だった。

強い陽射《ひざ》しが、庭先に出された金盥《かなだらい》を満たす水のおもてに反射して、木陰にちらちらと光の破片《はへん》を漂わせている。暑さにぼやけた真夏の景色のなかで、地面に落ちた影だけが、くっきりと黒い。

日の出からわずか数時間しかたっていないというのに、もう温度計の目盛りは三十を超えていた。八月はすでに終盤を迎えていたが、暑さは盛りを迎えたときのまま、一向に和らぐ気配がなかった。

賀川千尋《かがわちひろ》は、下宿屋の暑苦しい二階の一室で、本と紙の山に埋没していた。頼まれ仕事の家庭教師は、先週でめでたくお役御免になった。この先、千尋が注力すべきは、自身の勉学のみである。

休み前に行われた進級試験にはきちんと及第していたものの、もちろんそれで万事おしまいというわけではなかった。新学期に備えて準備しておくべきことは、無限に存在した。幸か不幸か、たまの必要で外出することを別にすればさしたる用もないので、教科書に目を通しては、内容の理解と語句の暗記に励む毎日だった。


善京町は、各種学校が集まる、学生の街である。そのために、学校関係者を当て込んだ下宿屋がとても多かった。じっさいに、下宿の住人の大半が、学生や、単身の教職員などで占められていた。

千尋が住居《すまい》しているこの下宿にも、他にふたりの下宿人があったが、そのいずれもが、学校関係者だった。ひとりは法科の学生、もうひとりは高等学校で事務員をしているという、三十前の男である。

大家は女性で、名を船井《ふない》タキといった。齢《とし》は六十代の後半らしい。どこかの屋敷勤めを退《しりぞ》いたあと、それまでの蓄えを元手に下宿屋をはじめたと聞いていた。

この家主は、ふつうの下宿屋の女主人とはいっぷう変わった考え方の持ち主で、世間の常識にも似ず、店子《たなこ》に対して徹底的な不干渉を通した。

つまり、放ったらかしにした。

さすがに、下宿人のために朝と晩に飯を炊くことだけはしてくれたものの、それだけである。毎日のお菜の工面をはじめ、掃除、洗濯、その他の雑用はすべて、下宿人が自分の裁量で片づけるという取り決めになっていた。

朝になると、階下の茶の間の卓のかたわらに、飯の入ったおひつが用意される。下宿人はそれを銘々の茶碗にとって、勝手に食事をするのである。ときどきは下宿人どうし、まれにには家主と一緒になることもあったが、各々、調子の異なる生活をしているために、千尋はたいてい、ひとりで食卓についた。

半隠居の身の上を公言するタキは、その言葉どおりに、下宿屋の主人らしいことは、ほんとうに何もしなかった。長年、他人に仕えることを仕事にしてきたのだから、余生ばかりは、細々とした気遣いとは無縁の生活を送りたいのだという。

なるほど、もっともな話だと思った。そんなわけで、家主は一階のひと部屋に半隠居住まいをしながら、二階の三室を人に貸して、暮らしを立てているのである。

この、当世めずらしい放任下宿は、屋号を船井荘といった。各人が玄関の鍵を持たされており、門限もないかわり、夜遅くに空腹で戻っても、タキは何の世話も焼いてくれなかった。もちろんそのぶん、部屋賃は他所《よそ》よりも格段に安かった。

かれこれ四カ月ほど前、新たにこの街に住むことになった千尋は、適当な下宿屋を探して、界隈《かいわい》の空き部屋を見てまわっていた。そのときたまたま、船井荘のおもてに張り出されていた、下宿人募集の広告を見つけた。

即決だった。

部屋代が、他と比べて、ずいぶん安かったからである。少しでも安価な下宿先をと望んでいた千尋にとっては、願ってもない出物だった。

ほとんど勢いでした選択だったが、暮らしはじめてみると、これはこれで、なかなか悪くなかった。風変わりな家主の態度についても、その率直さが、かえって気持ちよく感じられたくらいである。みじんの気後《きおく》れもみせず『わたしは何もしませんが、それでよろしいか』と訊《たず》ねたタキの割り切りぶりは、何とも潔《いさぎよ》かった。

こうして、千尋の、不慣れながらに、気ままな下宿生活がはじまった。

すべてが自分の裁量に任せられた生活は、予想外に快適だった。さては放置とは自由の別名だったのかと、妙に得心させられたほどである。

広い海を渡る鳥が、思いがけず誂《あつら》え向きの止まり木を見つけた。ちょうど、そんな具合だった。

　そのような次第で、千尋はこの下宿の住人になったのである。賀川の邸《やしき》に住んでいた頃の、物質的には至れり尽くせりでありながら、精神的には息をするのもままならないほどにがんじがらめだった生活とは、別世界のような暮らしがそこにあった。

　質素かつ、子供のひとり歩きにも似た、非常にたどたどしい独居生活ではあったが、それでもだんだん勝手がわかってくるにつれ、失敗も少なくなってきた。総菜屋や、洗濯を頼む先も覚えた。自分で間に合わないときは、そこに頼めばいい。そうなってみると、わずか数カ月前までの暮らしが、ひどく遠いむかしのことのように思えてくるのである。

　千尋は昼の暑さを避けて、早朝の薄暗いうちから勉強に手をつけることを、近頃の習慣にしていた。夜が明けると、まずは、部屋のなかがどんどん明るくなっていく。ついで、じわじわと気温が上昇し、三、四時間後、蟬の鳴き声がたまらなくうるさくなりはじめる頃になって、ようやく朝食に立つ。

　その日も、大音量で鳴きはじめた熊蟬と油蟬の二重奏を潮《しお》にして、千尋は書き物机の前から腰を上げた。

　読みかけの本を片手に、階段を下りた。

茶の間に入って、小さな卓の脇に置かれたおひつのふたを、ひょいと持ち上げてみると、飯がまだ半分ほど残っていた。水屋のなかから、買い置いてあったお菜と、茶碗を持ってきた。それに飯をよそい、卓の前に腰をおろした。

食卓の端に置いた教科書に視線を据《す》えたまま、もそもそと遅い朝食をとりはじめる。お菜は、昨日、佃煮《つくだに》屋で買った塩昆布と、買い置きの缶詰——筍《たけのこ》の煮つけだった。

ほんの数分で食事を済ませたあと、流しに立ち、茶碗を洗った。きれいにした茶碗に水道水を受けて、立て続けに飲み干した。その水が、ほとんど間を置かずに汗になる。

いつの間にか、窓の外から聞こえる蝉の声が、つくつくぼうしを交えた三重奏になっていた。

「……暑い」

誰に訴えるでもなくつぶやいて、千尋は頰《ほお》に滴《したた》る汗をぬぐった。その手を洗うついでに、顔や腕も一緒にすすいでみたが、あまり涼しくもならなかった。

こう暑いと、世に夏休みというものが存在するのも当然だという気がしてくる。暑さは人から集中力を奪う。何も手につかなくさせる。本来、夏休みというものは、日頃の義務を放り出して、避暑に出かけるためにあるのだ。

ところが残念なことに、勤め人や貧乏学生にとって、夏休みは至って不完全である。仕事があったり資金がなかったりで、この暑さにもかかわらず、世の中のほとんどの人にとって、避暑は高嶺《たかね》の花だった。

ことに、千尋は好きでもない父親に、学費と生活費の面倒を見てもらっている身の上である。余計な贅沢《ぜいたく》をするつもりはなかったし、もとより親がかりの娯楽など、露《つゆ》ほども望んでいなかった。

学生を続けるのに最低限必要な援助を受けることについてさえ、複雑な感情を抱かずにはいられないのである。あの父親からそれ以上の何かを受け取るなど論外だった。できることなら、援助も何も断って、即刻、縁を切りたいくらいなのだが、そうしないのは、ひとえに亡母が千尋に遺した固い戒《いまし》めのせいだった。

——いいですか、千尋さん。

何が気に入らなくても、絶対に、お父様に逆らってはいけませんよ。学校を卒《お》えるまではどんなに腹の立つことがあっても強情を張らないで、お父様の援助を受けなさい。

必ずですよ。学校を出て、たつきの道を得られさえすれば、そのときこそ、あなたは誰に気兼ねすることもない、自由な暮らしを手に入れられるのだから。

母はそんな説教を、当時初等学校生だった千尋に、口癖のように繰り返した。

男女を問わず、生まれた子供にじゅうぶんな教育をつけさせることは、賀川家に妾《めかけ》奉公にあがるに先立って、母が賀川に出した、ただひとつの条件だったそうである。

母の死後、母が生まれた頃からずっとそば仕えをしてくれていた人が、勤めを退いて郷里に帰るというので、こっそり学校に千尋を訪ねてきたことがある。そのさい、母の思い出話をするうちに、ぽつりともらされた逸話だった。

母との約束を、しいて破るつもりはなかったが、いったんそうと知ってしまえば、さらに無下《むげ》にはできなくなった。

もっとも、途中で一度、この戒めを反故《ほご》にしかけたこともあったのだが、さいわい思い直す機会があって、いまは何とか母の言いつけに従って生活している。

千尋が教育によってひとり身をたてることは、それができなかった母が、息子に託した切実な希望だったようである。しかし、教育をつけてやりさえすれば、どこでも、どうやってでも、好きに生きていけるはずだという母の思惑は、残念ながらあてを外したようだった。

学士の肩書きが畏敬《いけい》の対象だった時代はすでに去り、いまや王都には、大学卒の失業者があふれているということだった。生活に困窮《こんきゅう》した農村からは、年端《としは》もいかない娘が次々に都市に売られてきているとも聞く。どこへ行っても、人が集まれば、不景気が話題になる。軍需の恩恵を受ける一部の業界だけはたいした活況を呈《てい》していたが、多くの産業において業績は低迷し、雇用は安定していなかった。

しかしここに至って、議会は懐手《ふところで》をしたままだった。目立った政策をとるでもなく、事態はただ、成り行きに任せられていた。経済問題の最高責任者、経済大臣は『失業問題は、人の手に負えることではない』と冷たく言い放った。

それがほんとうのことかどうかは別として、国民を飢《う》えさせないことを第一の使命とする職にある者が、ずいぶん無責任な発言をしたものである。よし、景気を回復することが不可能だというのなら、とにかく国民を養うための別の方法を、何としてでもひねりだすべきではないか。

世に、明るい話題は多くなかった。

秋からはいよいよ最高学年を迎える千尋も、順当にいけば、来年のいまごろにはこの難しい世の中に出て、まずは助手の職に就《つ》くことになる。

大陸で戦争がはじまって以来、医者は慢性的に不足していたため、職を得ること自体は難しくないはずだったが、その一方で、医学校卒業者の進路は、以前とは比べ物にならないほど窮屈《きゅうくつ》なものになっていた。

一昨年の暮れに、医師官制法なる新法が施行《せこう》されたためである。この法は、医師の有資格者の配置を、政府の管理下に置くことをその骨子《こっし》としていた。

結果、希望の職場を得ることのできる学生は、きわめて稀《まれ》になった。さらに兵役を免除されて、研究者として学校や研究機関に籍を置くことのできる者となると、ますますその数が限られた。

わずかな例外を除いた——つまり、ほとんどの新卒医師は、行政機関が一方的に指定する施設で助手の職に就くことになるのだが、同時に予備軍医として登録され、ひとたび声がかかればすみやかに戦場に赴《おもむ》くことを要求される、はなはだ不自由な立場に置かれるのであった。

千尋の母親が、その職とともに息子に与えたいと望んだ自由は、いまやざらには手に入らないものになっていた。


千尋は顔を洗ったついでに、流し台の下に置いてあった空の薬缶を持ち出して、それを水でいっぱいにした。転居祝いとして、金物屋《かなものや》を経営している年下の友人にもらった小ぶりの薬缶である。この季節、水差しとしてたいへんに重宝していた。

千尋は水の入った薬缶とコップを手にすると、ふたたび小脇に本を抱えて茶の間を出た。

「ごめんください」

ちょうど片足を階段の踏板にかけたところで、玄関先から人の呼ばわる声がした。はっきりとよく通る声だ。が、大人の男の声色《こわいろ》ではない。

千尋は通路の途中で薬缶をぶらさげたまま、玄関のほうを振り返った。家主の客だろうか。折悪くタキは留守にしているらしく、いつものように対応に出て行く気配はなかった。

それで、かわりに千尋が様子を見に行った。

引き戸にはまった硝子《ガラス》越しに、客の容姿が確認できた。声のあるじはほっそりとした体つきをして、白い半袖《そで》シャツと黒いズボンを身に着けている。

彼の訪問について、心当たりはまるでなかったが、千尋はその姿形をよく知っていた。

「驚いたな、突然どうしたんだい。よくここがわかったね」

戸惑いのうちに格子戸を引き開けた千尋の、第一声がそれだった。

初めて、しかも何の前触れもなく自分の下宿を訪ねてきた年下の友人を、千尋は何となく落ち着かない心持ちで、玄関先に出迎えた。そうしながら、金物屋以外の場所で彼に会うのは初めてだな、と考えた。

はたして、そこに立っていたのは、中学生そのままの容姿でありながら、そのじつ、店主として、立派に金物店をきりもりしている少年——夜見坂《よみさか》だった。

しかし、何かがいつもと違っていた。何が違うのだろう。内心で首をかしげた千尋は、やがてその違和感の正体に気がついた。

服の寸法がおかしかった。

シャツの、ズボンの、あちこちが寸足らずなのだ。しかも、生地が傍目《はため》にもはっきりとわかるほど、傷《いた》んでいる。おかげで、ずいぶん貧相な身なりをしているように見えた。もっとも服装の粗雑さをいうなら、そのときの千尋の格好もけっして夜見坂に引けを取るものではなかったのだが。

長時間座りっぱなしでいたせいで、よれよれになったリネンのズボンに、下着もつけず、半袖の開襟《かいきん》シャツをはおっただけの千尋に、夜見坂はにっこりと笑いかけた。

「こんにちは、千尋さん。この街、あんまり下宿屋が多いから、ちょっと迷ってしまいました」

ずいぶん歩きまわったと言われて、千尋は何気なく、夜見坂の足もとに視線を落とした。目に入ったのは、冗談のように傷んだズック靴だった。廃物寸前といってもいいほど、くたびれている。破れ穴まで開いている。

片手には、いつもの風呂敷包みではなく、見慣れない旅行鞄を提げていた。

出かけるときはいつも、簡素ながらにきちんと手入れの行き届いた衣服と、きれいに磨いた革靴を身に着けている夜見坂である。そんな彼の、常にもなく粗雑な服装に、千尋は眉をひそめた。

「……どうしたんだい、いったい？」

見慣れない――どころか、何やら不穏ささえ感じさせる夜見坂の風体に、自然にけげん顔になって訊ねた千尋に、

「べつにどうもしませんよ。今日はついでがあって、ちょっと寄っただけです」

夜見坂は、言葉つきだけはいつもと同じに、涼しい顔で答えた。夜見坂の口調がほんとうに何でもないようだったので、根が単純な千尋はすぐに気を取り直した。

「そうか。だけどついでといっても、金物屋の仕事にしちゃ、ずいぶん遠出してきたね。それとも、副業の用件かい？」

「いえ、完全な私用です」

「どちらにせよ、この暑さだ。たいへんだったろう。とにかく上がってくれ。何もないが、水くらいは出せる」

千尋は笑って、手にした薬缶を持ち上げてみせた。それから奥に引き返しかけ――思い

直したように足を止めた。あいかわらず玄関先に突っ立ったままでいる夜見坂に、手振りでそのまま、と合図しながら戻ってきて、千尋は下駄箱から靴を取り出した。

「いや、せっかくだ。暑苦しい部屋のなかにいるより、何か、冷たいものでも食べに行くとしよう。近くに、感じのいい甘味屋《かんみや》があるんだ。そこの白玉氷が滅法《めっぽう》うまくてね。いい機会だから、ごちそうするよ」

千尋は靴を履きながら言った。

「へえ、そんなお店があるんですか。だったら、行かないわけにはいきませんね。でも、今日はだめです。また今度、お願いします」

夜見坂の言い方が心底残念そうだったので、千尋もつられて、心残りのため息をついた。

「なんだ、ほんとうにちょっと寄っただけなんだな。これから約束でもあるのかい?」

「ええ、まあ。それで、千尋さんを誘いに寄ったんです」

「誘いにって……」

事情が呑《の》みこめずに、訊ねる言葉を探しかけた千尋に先を言わせず、夜見坂は元気よく続けた。

「毎日暑いし、部屋のなかで勉強ばかりしていたんじゃ、いいかげん、飽き飽きするでしょう? どうですか、ここらでひとつ、避暑にでも出かけませんか。切符はもう、こちらで用意してありますから。

　費用や段取りなんかも、心配しないでいいですよ。あとでちょっとした仕事をお願いするつもりだから、それが代価だと思ってください。だから、千尋さんは何の気兼ねもしなくていいです。ただ、おれに付き添って来てくれるだけで。いますぐ身ひとつで出かけられますよ。行き先は……」

　言いながら、夜見坂は半袖シャツの胸ポケットから、汽車の切符を二枚、取り出してみせた。最寄りの善京駅から、ずっと先にある駅名が記載された長距離切符だった。

「ご存じですか、山並町《やまなみ》って。山間にある避暑地なんですけれど、他の温泉地や保養地なんかとも鉄道で行き来できるようになっていて、便利のいいところだそうですよ。こっちは駅から離れているから、車を使わなきゃいけませんけど、そう遠くないところに海をのぞむ景勝地もあるんです。

白砂青松《はくしゃせいしょう》、風月無辺。とくに白波《しらなみ》海岸のあたりなんか、気候がいいだけじゃなくて景色もすばらしいらしいから、見に行くのがいまからすごく楽しみです」

　白波海岸一帯はかつて、旧政府時代に権勢を誇っていた武家貴族が別荘地として代々私的に占有していた、風光明媚《ふうこうめいび》な御領だった。付近の景色の美しさは、つとに有名で、千尋も、かの地の美景の評判とともに、地名だけは聞き知っていた。

しかしどんなものにも、不遇のときは訪れるのである。改新後の大方の武家貴族の例にもれず、広大な土地の私有を維持できなくなった当主は、世慣れた業者の口車に乗せられてそれを二束三文で売り払ってしまった。

そのあとすぐに、新貴族や実業家の投機の対象となって、土地はひとときの賑わいをみせたが、結局、地形に不都合があって鉄道の敷設《ふせつ》計画から外れたために、保養地としては成功せず、土地の評判は『かつての御領』という名のみに残された。

廃《すた》れた土地があれば、栄える土地もある。かわりに、鉄道沿いに開けた新しい避暑地や保養地が、付近の新興の街に住む中流階級の人々の人気を集めているということであった。

以上が、夜見坂が千尋に告げた旅の予備知識である。

納戸に押し込んであった地図帳を引っ張り出して調べたところ、山並町は当地から汽車で半日ほどの距離にある、他州の街であることがわかった。

汽車は盛大に煙を吐きながら、西に向かって走り続けていた。

煙の匂いが、涼しい海風と一緒になって、わずかに開いた窓から、吹きこんでくる。

窓の外一面にのびた水平線が、明るい陽射しを受けて、まぶしくきらめいていた。

青々とした夏空を映す、鏡のような海である。銀色の光を抱いたなめらかなおもてを、商船や軍艦がゆっくりとすれ違っていく。目の前には、どこまでも晴れやかでのどかな昼の風景が広がっていた。

快適であった。千尋は、すっかりくつろいだ気分になって、二等車両の固い背もたれに背中を預けた。

目に、肌に、触れるものすべてが好ましい。暑苦しい下宿の部屋で紙と文字の山に埋もれていた、数時間前までの現実が、嘘《うそ》のように思えた。

向かいの席には、千尋と同じように窓の外に顔を向けた夜見坂が腰かけていた。例の寸足らずの衣装とみすぼらしい靴に、見るたびに違和感を誘われたが、当人はいつもどおりに平静で、至って呑気な旅行者の風情である。

いましも千尋は夜見坂と連れだって、優雅な避暑旅行の途上にあった。

唐突に玄関先に姿をあらわした夜見坂が、いますぐ一緒に旅に出ようと言い出したときは、さすがに面食らった。

旅行の誘いなどというものは、当日、それも先に切符を用意したうえ、いきなりやってきてするようなことではない。

たまたま千尋が、家にいたからよかったようなものの、もし、遠方に出かけていたり、時間の都合がつかなければ、そのときはどうするつもりだったのだろう。

夜見坂の、こちらが心配になるような無計画ぶりに、あきれてそれを訊ねると、

『そのときは、他の人にお願いするつもりでした。だけど、せっかくいてくれたんだから、行きませんか。ぜひ』

と勧められて、何となくその気になった。

そのまますると話が進んで、旅行はいまやこうして、あたりまえの現実になっている。まるで、ずいぶん前から約束をしてあったみたいに。

じっさいのところ、千尋の都合は少しも悪くなかったし、避暑の誘いを断る理由はさらになかった。そんなわけで、夜見坂の誘いに気軽に応じた千尋だったが、あとになって、やはり妙な気がしてきた。

——僕が家にいるのも、暑さに辟易《へきえき》しているのも、まるであらかじめ知っていたみたいなやり方じゃないか。

そんなふうに考えだすと、何とはなしに、ペテンにかけられているような心地がしてきた。

——まさか、ほんとうにそうなのか？

本気で疑いかけて、やがて、自分の思いつきのばかばかしさに苦笑した。

家庭教師の仕事の最終日、やはり最後のまかないをごちそうになりながら、残りの休みは、すっかり新学期の準備に使うつもりだと夜見坂に話したのは、千尋自身だった。

つまり、休みの終盤は高確率で家にこもって勉強をしているということを、自ら夜見坂に知らせていたことを思い出したのである。

はたして、言ってあったとおりに、千尋はちゃんと家にいた。単に、そういうことらしかった。

旅は愉快だ。

ただ、日常に接しているのと違う景色に触れる、それだけのことなのに、普段の自分とは別の、何者かになったような気分になる。

いまやなじみの我が家となった下宿屋の一室――そこから遠ざかっていくにつれて、船井荘のまわりの風景までもが、自分の『帰るべき場所』として、なつかしく思い出された。

旅人の郷愁《きょうしゅう》に身を浸しながら、いつもと違う目で、違うものを見る。それは、見知らぬ誰かの書いた物語を読むことに、とてもよく似ていた。

日常は遠く、心身は軽やかだった。

ただし、避暑とはいっても、わずかに一泊するだけの小旅行である。旅支度もそこそこに、着替えだけを入れた鞄ひとつで、下宿をあとにしてきた千尋だった。

　海岸線に沿って長くのびる線路を、汽車は、あいかわらず頼もしい力強さで、ぐんぐん進んでいく。車窓の景色が、絵巻のように移り変わる。光も空気も真新しい。胸の底によどんでいた古い空気がどんどん新しいものに入れ替わっていくようで、すこぶる気分がよかった。

　加えて、昼につかった弁当は、とてもうまかった。竹皮にくるまれた握り飯――海苔《のり》も胡麻塩《ごましお》もついていない、見かけはまったく無愛想な白飯のかたまりだったが、きつめの塩加減と、米粒のまとまり具合が、まさに絶妙だった。

　そえられた鱚《きす》と大葉の揚げ物がまた、たまらなくよかった。塩気と、油の調和はすばらしい。淡白な魚の身に、さわやかな大葉の香り。単純ながらに、作り手のセンスの良さを感じさせる、何もかもが申し分のない組み合わせだった。

　そのあとも、夜見坂の鞄からは、次から次へと、食べる物が出てきた。豆菓子、ラムネ玉、硫酸紙にくるまれたブドウの房まで登場した。おかげで、腹の減る間がない。

　この感じには、覚えがあった。中学時代までに経験した、遠足である。遠出と非日常的な飽食は、子供の興奮をかきたてずにはおかない、娯楽の最高峰である。

　夜見坂は、今日に限って、まことに子供らしく、終始機嫌よく食べたり、窓の外を眺めたり、話したりした。さても、彼にもふつうの少年らしいところがあったことだと、千尋は引率の教師さながらの大人らしい気分で、連れの楽しそうな様子を眺めるのだった。

軽やかな遠足気分が、いつしか、すっかり千尋を気楽にさせていた。

だから、心にひっかかっていた些細《ささい》な疑問は次第に薄れて、意識の外へと追いやられていった。

たとえば、夜見坂の、常にもなく粗雑な服装について。

たとえば、出発前に夜見坂がした、不可解な注文のことについて。

「できるだけ、粗末な格好をしてきてください」

それが、旅の準備をしてくる、と自室に引っ込みかけた千尋に、夜見坂がすかさず出してきた要求だった。

「何だって？」

千尋は、廊下の途中で夜見坂を振り返った。

突然に言い出された注文の意味がまったくわからず、千尋はまず、自分の聞き違いを疑ったのだった。それで思わず訊《き》き返したのだが、夜見坂は最初のと同じ言葉を繰り返したあとで、さらにこうつけ加えた。

「できれば、なるべく下品な感じになるように、お願いします」

――ああ、これはまた、何かわけがあるんだな。

夜見坂の言いぐさに、千尋は事情を半分のみこんだようなつもりになりながら、考えた。さては、これはありふれた旅行の誘いというわけではないらしい。しかし、では、どういう旅行なのかと、さらに思案してみたが、その先の見当はつけられなかった。

とりあえず夜見坂の言うとおりに、行李《こうり》の底から引っ張り出した、いちばん古いシャツと、傷みがひどいので処分するつもりにしていた、こげ茶色のズボンに着替えた。

警戒心よりも、好奇心が勝ったためである。ささやかな冒険心が、粗末な格好で旅行につき合ってほしいなどという夜見坂の奇妙な注文に、千尋を応じさせたのだった。

何もかも、ここ数日の、単調な生活のせいだった。変化に対する欲求が我知らず、高まっていたらしい。夜見坂が持ち込んだ、避暑旅行の誘いは、これ以上はない的確さで、寝かしつけてあった千尋の『非日常への欲求』に働きかけたのである。

加えて、夜見坂がそうしてほしいというのならそうしてやろう、と鷹揚《おうよう》に考えたためでもあった。粗末な格好をしろというのだから、以前のように『先生』の真似ごとをさせられる気遣いもなさそうである。格好はどうあれ、避暑旅行だというのだから、軽い息抜きとしても申し分がない。

つまりは、そのときの千尋にとって、夜見坂の誘いは、何もかも『ちょうどよかった』のである。


かくして、そこはかとなくくたびれた風情の、ふたりの旅行者ができあがった。

身支度を済ませた千尋を、夜見坂は、市場の魚を品定めするような目つきで、じろじろと眺めた。あきらかに不服そうだった。

「なんだか、いまいちだな。

顔つきがさっぱりしすぎです。どうにかこう、もっと邪悪な雰囲気をつけ加えてもらえると助かるんだけど……千尋さんに言っても、仕方ありませんね」

ため息まじりに言われた。何かを諦められている様子なのが心外だった。が、なぜ邪悪さが必要なのかは、訊ねてもいいかげんにはぐらかして、教えてはくれなかった。

それにしても、邪悪な雰囲気というものは、つけ加えようとしてつけ加えられるものなのだろうか。もしそうだとしたら、ずいぶん器用な人間もあったものである。やはり、まじない屋というのは、並外れた職能者なのだなと感心した。自分などには、真似ごとをするのでさえ身に余る難仕事である。

かくて、夜見坂の不可解な注文の理由については、うやむやのまま終わった。教える気がないのなら自分で考えてみようと、千尋は、せいぜい想像をたくましくしてみた。

ひょっとすると、夜見坂には、旅行に出るときは必ず粗末な格好をして悪人ぶる、という、特殊な習慣があるのかもしれない。

しかし、だとすると、それは何か、実際的な効果を狙ってのことなのだろうか。あるいは、まじないの一種なのか。

確かに、邪悪な顔つきをしていれば、めったな人間にからまれることはなさそうだし、粗末な格好をしていれば、すりに狙われる確率は減りそうである。そこから解釈を拡大して、厄除《やくよ》け、ということなのかもしれない。

そんなふうに考えてはみたが、当たっているのか、いないのか、千尋にそれを確かめるすべはなかった。

そもそも、人の内面というのは、表面からはうかがい知れないもので、その行動がどのような信条や信念に基づいて導かれたものかは、じつにはかりがたい。夜見坂に限らず、他人から見れば意味のわからない思い込みによって行動している人間というのは、世の中に、けっして少なくはないらしいのである。

たとえば、千尋の中学時代の友人に、試験の前になると、決まって飯を食べなくなる男がいた。ならば、何を食べるかというと、南京豆《なんきん》を食べるのである。来る日も、来る日も、南京豆である。そうすると、絶対に落第することはないのだ、と、彼は言うのだったが、どういう理屈でそうなるのかは、結局、不明のままだった。はたして、そのまじないに、実効性があったのかどうかもわからない。わかっているのは、彼が一度も落第することなく、中学を卒業したということだけだ。

しばらくそんな益体《やくたい》もない思索に耽《ふけ》っているうちに、千尋はまたしても、夜見坂の奇矯《ききよう》なふるまいに接することになった。

夜見坂は旅行鞄から、駄菓子屋が使うような、粗紙の袋を取り出した。がさがさやって、なかからひとつかみ取り出した。煮干しである。一本口に入れた。

夜見坂が煮干しを食べている。そのこと自体には何の問題もなかった。おやつとしてはまことに健全なもので、それだからどうということはないのだが、おかしいのは、その大半を、次々に足もとに落としていくことなのである。

――これも、まじないなのか？

理解しがたいふるまいに、内心で首をかしげた。ふと、夜見坂と目が合った。

「千尋さんも、食べますか？」

紙袋を差し出されて、一本つき合った。ふつうの煮干しだった。

そのとき、足もとをさっと何かが横切ったような気がして、千尋はとっさにそこに目を遣《や》った。が、何もいない。どうやら気のせいだったようである。

——まさか、こんなところにネズミが出たりはするまいな。

しかし、そう思ったあとで、ささやかな異変に気づいて、はっとした。

どういうわけか、座席の下にばらまかれていたはずの煮干しがすっかり消えていたのである。

汽車はいつしか北に進路を変え、山道にさしかかっていた。登って、下って、いくつもの山を越えていく。そのたびに、汽車の速度は、緩んだり、またもとに戻ったりした。

峠の頂《いただき》に向かって登りつめていくにつれて、それまで続いていた単調な振動が、歩を刻むような重たい機械音に変わっていった。ふと乗客の話し声が途絶えたときなどには、鉄と木が重たくきしむ音が、ことさら大きく車内に響くのだった。

何度も進む方向を切り替えながら、峠道をあえぎあえぎ登る、汽車の息の音を聞きながら、それまでぼんやり外の景色を眺めていた千尋は何気なく、向かいの席に目を遣った。

いつの間にか、夜見坂は膝《ひざ》の上で煎餅《せんべい》の袋を抱えたまま居眠りをはじめていた。こくりこくりと頭が揺れる。それを見ているうちに、つられて眠くなってきた。

連日の猛暑のせいで、慢性的に睡眠が不足していた。夜になると一応、眠りはするのだが、真夏の夜の眠りの常として、熟睡の感にはなはだ欠ける、浅い睡眠に終始した。

千尋はこみあげてきたあくびをかみころしながら、目的の駅に着く時刻を確かめた。

窓の外で、空の色がゆっくりと変化しはじめていた。くっきりと澄みわたった青に少しずつ黄色い光が混ざりこんで、やがてぼんやりとくすんだような空色になる。

汽車が、いくつ目かの峠を越えた。がくん、と車体がひと揺れした。

足もとに伝わってくる振動がふっと軽くなり、窓の外の景色が、またすみやかに流れはじめた。

列車は、鉄道を押し包むようにして繁る、木々のあいだをすり抜けるようにして、線路を駆け降りていった。車内に吹き込んでくる風が、急にひんやりとしはじめた。

避暑地を名乗るだけあって、窓の外に満ちた空気は、清水のように瑞々しい。青々と茂った草木の呼気に洗われて、ここでは昼間の熱気も長続きはしないらしかった。

そう思うと現金なもので、下宿付近では、やかましいばかりだった蝉の鳴き声までが、ずいぶん涼しげに耳に響いてくる。いつしか蝉の声に負けない勢いで鳴きはじめたひぐらしの声が、ひと足早い秋のはじまりを告げていた。

例年、夏の暑さがだらだらと長引く善京町とはまったく違ったこの土地の風土を、千尋は頼もしくもありがたく思った。夜への期待が膨らむ。

今夜はしばらくぶりに、快適な睡眠を満喫することができそうだった。

目当ての駅に着く直前になって、夜見坂がぱちりと目を開いた。

結局ここまで少しも眠らずに、通り過ぎる駅をひとつふたつと数えてきた千尋に、夜見坂は申し訳なさそうな顔つきを見せた。

「すみません、何だかおればっかり気楽にしていて。荷物番、させちゃいましたね」

つまらないことで恐縮する夜見坂がおかしかった。千尋は笑いながら言った。

「いいや、すばらしい景色をたくさん眺めたんで、ずいぶん目の保養になったよ。眠るのは、夜になってからでじゅうぶんだ」


山間に開かれた、にぎやかな温泉街であった。

目当ての駅に降り立った千尋は、夜見坂の案内に従いながら、宿までの道のりを楽しんで歩いた。温泉場らしいこまごまとした事物が、物めずらしく千尋の興味を引いた。

もくもくと湯気を立てている温泉井戸。湧き出す湯を利用して調理した食物《しょくもつ》を売る小店。日用品を並べた道具店。前時代的な店構えの薬種屋――。

街の中心を、幅十メートルばかりの川が流れていた。片岸に柳の木、もう片側には山吹が植えられていて、それぞれ青々とした枝葉を、水の流れの上にたらしている。

川に沿ってのびる歩道を、しばらくまっすぐに歩いた。公共浴場が近いらしく、老若男女の浴衣《ゆかた》姿とすれ違った。おそらくは長逗留《とうりゆう》の湯治《とうじ》客なのだろう。誰もが物馴《ものな》れたそぶりで、まるで自宅付近を散歩している人のような顔をしていた。

川上で大雨でも降ったのだろうか。川の水は茶色く濁っていた。たっぷりとした水量が川の流れを速くし、水音を高く響かせている。山並《やまなみ》川というらしい。架け渡された橋の親柱に、その名が刻みつけられていた。

橋を渡ると、本通りに出た。ただし、本通りといっても、都市のそれとは比較にならない狭さである。二台の車が、ようようすれ違うことのできる程度の幅しかない。ときおり、その狭い通路を、客を乗せた貸し自動車が窮屈そうに往来した。

目当ての宿にたどり着く頃には、陽の光はすっかり勢いを失っていた。

宵《よい》の薄闇が、すぐそこまで迫っていた。西の山ぎわから射す、名残《なごり》の陽射しを受けた街並みはすでに、その半身を暗い影に浸している。日没のまぎわ、影絵のような街並みが、朱《あか》い空を背景にして、くっきりと浮かび上がった。紅と紺に彩られた筋雲が、高い空に浮かんでいた。

宵空の下、門燈《もんとう》の明かりが早々に灯された。打ち水に濡れた敷石の上にこぼれた橙色《だいだい》の光が、通路を明るく照らした。間口はそれほど広くない。どこの観光地にもあるような、ありふれた旅館だった。

灯影を映し込んだ黒々とした敷石を踏んで、建物のなかに入った。

夜見坂が帳場で手続きを終えるのを待って、ひかえていた案内人が、どうぞ、と声をかけてきた。地味な縞《しま》の着物に、渋色の前掛けをつけた老女である。夜見坂と千尋は彼女について、踏板をきしませながら狭い階段を上った。

通された客間は、床の間つきの六畳だった。日に焼けた古畳に、同じく古びた化粧壁、色褪《あ》せた板天井。下宿の部屋と、たいしてかわりばえのしないような、ごく平凡なつくりの居室だった。

しかし、そこに大きく切り取られた窓から見える景色は、すばらしかった。宵空をわたる涼風が、長押《なげし》に巻き上げられた日除けをかすかに揺らす。街灯の明かりが暗い川面に映《は》えて、まるで星が流れていくように見えた。日没直後の空の色と相まって、夢のような美しさである。川沿いに立地した宿の部屋には、川のたてる水音が間近に聞こえた。

昼の気配が完全に消えてしまうと、窓から流れ込んでくる風が、一段と涼しくなった。宿のすぐ背後に控えた山が、たっぷりと涼気を含んだ山の気を発しはじめたせいに違いなかった。濃い、草木の気配。水音に重なるかじかの鳴き声と、川面に揺れる星明かりが、旅の風情をかきたてた。

「お湯はそこの湯屋にいつでも湧いてございますから、どうぞお好きなときにお使いになってくださいまし」

老女は窓の外に見える苫屋《とまや》を片手で示したあと、慇懃《いんぎん》にお辞儀をして客間を退いた。


ゆっくりと湯をつかってから部屋に戻ると、すでに夕食の膳が用意されていた。

汁物と焼き魚、あとは煮物と漬物という、お決まりの献立だったが、下宿学生になって以来、佃煮と缶詰で日々のほとんどの食事をまかなってきた千尋には、紛うことなきごちそうだった。

「あんまり遅いから、待ちくたびれちゃいました」

湯が熱すぎるからと早々に風呂を切り上げて、先に部屋に戻っていた夜見坂が、不平を鳴らしながら身体《からだ》を起こした。畳の上にぐったりとのびたまま、何をするでもなく、じっと千尋の戻るのを待っていたらしい。すっかり調えられた膳を前にして、とんだ苦行をさせてしまったものだと申し訳ない気持ちになった。とかく、腹の減る年頃である。それはかつて少年だった千尋にも覚えのあるところだった。

芋《いも》の煮つけを頬張る。白飯と一緒に嚙《か》む青菜漬けがさくさくと小気味のよい音をたてる。夜見坂があんまりおいしそうに飯を食べるので、千尋のほうでもにわかに食欲がわいてきた。

気候がよいせいか、風呂をつかったせいか、汽車のなかで散々飲み食いしたにもかかわらず、どんどん食が進んだ。なかでも、焼き魚のうまさは格別だった。

香ばしい塩気と旨味に、しみじみ感動せずにはいられなかった。これをお菜に、いくらでも飯が食べられそうだった。こんなふうに簡素なやり方で作られた料理には、どれも似たような濃い味に煮つけられた缶詰の惣菜とは違う、素直な味わいがある。

缶詰は、あれはあれでうまいものだが、ただ焼いたり、さっと煮たり、あるいは生で食べる食物には、手の込んだ料理にはない、滋味《じみ》があるように思われるのである。千尋はそのことを、夜見坂のつくるお菜に親しむうちに確信するに至った。

「こうして塩をうって焼いただけの魚というのは、じつにうまいものだね。きみのところで食べた食事があんまりすばらしかったから、すっかり影響されてしまった。おかげで、料理もできないくせに、手製の食事が恋しくなって困る。今日は久しぶりの贅沢にあずかったが、これもきみのおかげだ。何だか、世話になる一方で心苦しいよ。この埋め合わせは、どうしたものかな」

気安く言いながらも、ちらりと心配顔をのぞかせた千尋を見て、夜見坂はおかしそうに笑った。

「おれの懐具合を心配してくれているのなら大丈夫ですよ。埋め合わせだなんて、そんなつまらないことを心配していないで、どんどんあがってください。だってこれ、ぜんぶおれが道楽でやっている冒険旅行なんだもの」

「冒険旅行？」

聞き慣れているようで、じつのところ、日常ではめったに耳にすることのない語句だった。そんなふうに特殊な単語をこの場に持ち出した夜見坂を、千尋は当然、問い質《ただ》そうとした。

しかし、夜見坂の返してきた答えは、いつもどおりの人なつこい微笑だけだった。

昼間に想像していた以上に、過ごしやすい晩だった。

夜更けて、涼気は至って快適なところに落ち着いていた。窓辺に吊るされた蚊遣りの煙があるかなしかの風に流されて、すいと鼻先をかすめていく。満たされた胃袋の心地よい重みを抱いて、千尋は畳の上に誰憚《はばか》ることもなく横になっていた。

暑さから解放された心身は、具合の良いことこの上なかった。少し、うとうととした。

そうして、かなり頼りなくなった意識を、浅いまどろみのうちに手放そうとした、その矢先のことである。

「千尋さん」

名を呼ばれて、千尋ははたと目を開いた。心臓が激しく動悸《どうき》を打っていた。ちょうど寝入りかけたところで、起こされたせいである。横になったまま首をめぐらせると、真面目に構えた夜見坂の顔が目に入った。

「時間です」

まるで上司に移動をうながす秘書のような口調で、夜見坂が告げた。

食休みのつもりで横になったはずが、あやうく眠り込んでしまうところだった——と、あわてて起き上がりかけたところで、眠って何が悪いのだろうと思い直した。これは仕事ではなく、ただの避暑旅行ではなかったのか。ならば、気持ちよく寝ているのが本来のあり方というものだ。だいたい、

——時間って、何だ？

寝ぼけ眼《まなこ》をしばたかせた千尋の前に、夜見坂はきちんと膝をそろえて座っていた。

どういうことなのか、わけがわからなかったが、これからほんとうにどこかに出かけるつもりらしい。宿の浴衣は、すでにあの寸足らずのシャツとズボンに取り替えられていた。

——こんな時間に、いったいどこへ出かけるつもりなんだ？

千尋はぽかんとした。しかしこのさい、すべてに優先されるべきは、夜見坂の都合だった。仕方なく、千尋は言われるままに外出の準備をはじめた。先に支度を済ませた夜見坂は、当然のように千尋を急がせた。

「五分で着替えてください。じき、迎えの車が来ますから」


そのような次第で、ほんとうに五分で支度を済ませた。

ふたたびみすぼらしい身なりの旅行者がふたり、できあがった。

裏口からこっそりと宿を出た。夜見坂は薄暗い路地裏を、急ぎ足で歩いた。

その後ろについていきながら、千尋は月明かりを頼りに、腕時計の針を読んだ。

午後十一時近くを指していた。どこに行くつもりなのかは知らないが、気軽な外出にははなはだ不向きな時刻である。用件にしろ、行き先にしろ、あたりまえのものとは思えない。さすがに今度ばかりはまあいいだろうと受け流す気にはなれず、いくぶん強い調子で訊いた。

「こんな時間に外出するだなんて、いったいどういうわけだい。何か事情があるなら、そろそろちゃんと説明してくれてもいいんじゃないか」

「それは、これからおいおい話します。だけどほんとうに心配しないでください。べつに取って食いやしませんから。ただ、千尋さんにちょっとだけ、付き添ってもらいたいところがあるんだ」

結局、街外れまでやってきた夜見坂は、そこに長々とのびて山野と街との隔てになっている、空き地を前にして立ちどまった。同じように足を止めた千尋はそこで、ちょうど山道を下って、こちらに近づいてくる、黄色い光に気がついた。人気《ひとけ》のない、月夜の野原を、さらに明るく照らす人工の光。それは、貸し自動車の灯《ひ》だった。

自動車はふたりを拾うと、あらかじめ目的地を教えられていたものとみえて、行き先も確かめずに方向を改めた。暗い山道を、また引き返していく。

そのまま道なりに行けば、となりの町に出るはずである。しかし、自動車はまっすぐには進まず、何度も脇道に逸れた。そのたびに、前照灯の光が、暗い山のおもてを刷《は》いて、その奥にひかえた闇の存在をあらわにした。

自動車は重い車体をがたがたとゆすりながら山道を登っては、下った。

千尋は座席で揺られていきながら、終始無言で仕事をしている運転手のほうを、ちらと見遣った。後部座席からでははっきりと確かめられなかったが、壮年の男性のようである。肩幅の広い背中が、窮屈そうに運転席に納まっていた。

それから、となりの席を見た。事情はおいおい話すと言いながら、車が走り出すなり、すぐに居眠りをはじめてしまった夜見坂である。このまま素知らぬ顔でだんまりを決め込むつもりなのだろうかと、千尋は夜見坂の姑息《こそく》な心づもりに閉口した。

もし、夜見坂がそういうつもりでいるのなら、多少は事情を知っているらしい運転手に確かめてみるまでだ。しかしさて、どう切り出そうと思案しているうちに、思いがけず、運転手のほうから話しかけてきた。

「俺がとやかく言うことじゃないかもしれませんがね、」

だしぬけにそんな言葉で口火を切った運転手の声は、狭い車内にことさら陰気に響いた。

「お客さん方、心中をなさるつもりなら、もいっぺん、よくよく考え直してみなさることですぜ」

いきなり飛び出した『心中』のひとことに、千尋はぎょっとして彼を見た。出鼻をくじかれたどころの話ではなかった。さらにふたたび夜見坂のほうに目を向けたが、こちらは依然、居眠りをしたままでいる。

「……どうして、心中だなんて」

少し言葉をつっかえさせながら訊き返した千尋に、運転者は不機嫌を隠そうともせずに、返事をした。

「そんなこと、こちらのほうで訊きたいくらいでさあ。そりゃあ、こっちは商売ですからね、注文を受ければこうして夜中でも出張ってきて、どこへでも言いつけどおりにお送りしますがね、正直、あんたたちみたいな客を乗せるのはあんまり気分のいいものじゃないね」

どういうわけか運転手は、夜見坂と千尋が心中するものと決めてかかっているようだった。千尋は、何と答えたものかとまごついた。

「この頃は不景気だってんで、都会からやってきた人間が、白波海岸の岬《みさき》からひょいひょい飛び込むんでさあ。そこいらあたりにはもう、誰も住んじゃいないから、人に見とがめられる心配もないってんでね。おまけに、あのあたりの海は潮の流れが独特で、いったん水に呑まれちまった死体は上がってくる前に、たいていは、すっかり魚の餌《えさ》になっちまう。それで、後腐れがないところがまたいいとかでね。

人間、道に行き詰まると、命までいらなくなるもんなんですかね。昼のうち、温泉街で食って遊んで、夜中になると車を雇って海岸に出ていく。向かうところは、死出の旅――。

大方、お客さん方もそのくちなんでしょう。

何があったかは知りませんがね、見たとこ、貧乏はしていても、利口そうな顔つきをしていらっしゃるじゃありませんか。どうにか、やり直しがきくんじゃありませんかね。考え直すんなら、いまのうちですぜ」

　やはり、何と答えていいのかわからなかった。

　運転席と客席の間に、ふたたび重い沈黙の幕が下ろされた。

　そのまま走り続けたあと、自動車は長い下り道に入った。エンジンの音に、ざっと雨がうちつけるような音が混ざりだした。遠く、波の音が聞こえはじめていた。窓の外を見れば、自動車に伴走するように松林が続いている。

　運転手が、だしぬけに話を再開した。

「そりゃあね。なにしろ、世の中、不景気だから。

　ここいらあたりも、鉄道がひかれるかもしれないって頃までは、それなりに栄えていたんだよ。三十年ほど前までは、海岸沿いに、豪勢な別荘が立ち並んだ時期もあったものだけれど。いまじゃ、住む人もない。建物もすっかり古びちまって、一応、形が残っているのも、ぜんぶ空き家でね、廃物同然だよ。

　みんな、南に開けた大きな町に移っちまった。ここいらはまったく、何をするにも不便になっちまったから。といって、人を養ってくれる田畑があるでなし、どうしようもない。住んでる人間がいなけりゃ、商売をして暮らしを立てていくこともできないしね。

　まったく、土地がさびれるってのは、こういうことをいうんだね。だんだん活気がなくなって見捨てられる。おしまいには誰もいなくなる。だけど、この先少々景気がよくなったところで、人は戻ってこないだろうね。とにかく飯のたねがなきゃあ、いくら見た目がよくても何にもなりゃしない」

そこで運転手は、話の切りをつけるように、大きくハンドルをきった。きついカーブを曲がりきると、急に広く視界が開けた。

眼前に、黒々とした海が広がっていた。月の光が海のおもてに落ちて、空と海との境を、ぼんやりとあいまいにしている。

山の高いところに張り出した棚地が、海に差しかけられた黒い屋根のように見えた。その山の中程に、ぽつんとひとつ、明かりが灯っていた。暗い山に落ちた星のように見える、その光に気づいた運転手が、急にそわそわしはじめた。

「なんだい、あのあたりはいつも真っ暗闇のはずなのに――。

いえね、あすこには、ほんの数年前まで物好きな実業家が別荘として使っていた、大きなお屋敷があるんですがね。はじめに奥方と子供が親子心中、ついで、破産した主人がピストル自殺をしたっていう、恐ろしい家なんですよ。不幸が続いた屋敷だっていうんで、当時のまま、うち捨てられているはずなんだが、あすこに明かりがついているなんて、気味が悪いな。ひょっとして、あれは鬼火かもしれんよ」

終始現実的な口ぶりだった運転手が、屋敷の噂話《うわさ》をするに至って、急に気弱げになって、声をひそめた。

例によって、目的地に到着する直前になって、夜見坂がぱちりと目を開いた。

夜見坂が支払った運賃を、運転手は半ば気の毒そうな、半ば気味の悪そうな顔つきで受け取った。


「しかし、ほんとうに何もないところだね」

自動車が行ってしまったあと、千尋はいくぶん落ち着かない気分であたりを見まわした。海風に吹かれる松の枝葉がしきりにたてる物音が、寒々しく耳についた。それに重なる海の音もまた、もの凄《すご》かった。地鳴りのように足もとから響いてくる。

夜の闇のなかで、巨大な質量と化した海が、生き物のようにうねうねとうごめいている。その表面に泡立つ白い波が、幾本もの筋を曳《ひ》いて海面を走る。それに追随《ついずい》するように、暗い海面にせりあがる鯨波《げいは》。大きく盛り上がって、先行する波を次々に呑みこんでいく。

絶え間なく続く波と風の音。音自体はひどく騒がしいのに、ぞっとするような寂寥《せきりょう》が周囲を覆っていた。

「運転手さんの言ってたとおりだな。本格的にさびれた土地なんだ。確かにまともな建物もないし、通りかかる人もいなさそうだな」

夜見坂がつぶやくと、聞きたいのはそんなことじゃないとばかりに千尋は首を振った。

「きみはこんなところに何の用があって、僕を連れだしたんだ。心中志願と誤解されるような場所と時間に——さあ、今度こそわけを訊かせてもらうぞ」

「そうですね。じゃあ、歩きながら話します」

夜見坂はうなずいて、たったいま車が走り去ったのと逆の方向に進みはじめた。浜に沿って、緩やかにのびた坂を上がっていく。つづら折りになった坂の先は、暗い山の上に消えていた。

夜見坂は歩きながら、少し先の虚空《こくう》に一点灯った光を、指差した。

「ほら、見てください。明かりのついた窓。お屋敷の。じつは千尋さんに付き添ってもらいたいのは、あの家なんです」

「運転手は鬼火だなんて言っていたけれど……ちゃんと住んでいる人がいたのか。他の建物には、まったく人の気配は感じられないけれど——」

「そうですね」

夜見坂は素っ気ない返事をしただけだった。

しばらく黙って歩いた。坂の所々にうち捨てられた廃屋が、巨大な怪物のようなたたずまいをさらしていた。どの建物も傷みがひどく、放棄されてからの年月の長さを感じさせた。住む人を失った家は、時間の経過にまかせて老い、誰に知られることもなく土に還《かえ》ろうとしていた。

しばらく廃屋の列に目を向けていた千尋は、やがて遠くに見える明かりに視線を戻した。暗い世界に灯った、たったひとつの窓明かり。低い波音と、夜空よりさらに黒々とした家の影。その姿は、夜の海で座礁《ざしょう》して、二度と母港に帰ることがかなわなくなった幽霊船を思わせた。

「それにしてもずいぶん陰気な屋敷だね。しかしなるほど、いかにも怪奇に悩まされていそうな家だ。それで、今回は――あの屋敷で、どんなごたごたが起こっているっていうんだい？」

いくらかの事情を察したつもりで、千尋は訊ねた。ところが夜見坂の答えは、あいかわらず要領を得ないものだった。

「さあ、わかりません。でも、それを調べるのは千尋さんの仕事じゃありませんよ」

夜見坂の答えに、千尋はあっけにとられて連れの顔を見た。

「じゃあ、僕は何のためにこんなところまでつき合わされたんだ」

「じつは、ちょっとした口裏あわせをお願いしたくて。おれを、あそこの家の人に売ってもらいたいんです」

　ぎくりとした。

　ふいに冷たい霜《しも》が肩に降りてきた――そんな錯覚に、しんと腹の底が冷えた。

凍《い》てつくような沈黙のなかで、千尋は静かに立ちどまった。

　やがて夜見坂も足を止め、不審そうに千尋を振り返った。闇夜そのもののような無言の空間に、単調な波音だけが、とぎれることなく聞こえていた。

「……僕の聞き違いだったのかな。いま、犯罪的なことを頼まれたような気がするんだが。人を売るとか、売らないとか」

「聞き違いなんかじゃありませんよ。確かにそう頼みました」

　夜見坂が平気な声で答えたので、千尋はたまらなくなって夜見坂の腕をつかんだ。

「何の冗談か知らないが、少しも笑えないぞ。きみは自分の言っていることがわかっているのか」

「もちろんです。よくわかっていますよ」

「子供を買う人間がいるっていうのか、あそこには」

「そうみたいですね。表向きは一応、屋敷奉公、ってことになっていますけれど。金額的に、買い切りだと思います。きっと、金に困った人間を当て込んでの後腐れのない人身取引の場なんでしょう」

「何てことだ、きみはそんなに金に困っていたのか。だったら、なぜひとこと、僕に相談してくれない。そりゃあ、たいしたことはできないが、きみひとりくらいなら僕がどうにか食べさせて――」

不用意に大声を出した千尋に、夜見坂はしっ、と指を立ててみせた。

「人聞きの悪いこと言わないでください。夜見坂金物店は借金なしの健全経営です。運転資金に詰まるようなへまはやりません」

「だったら、なんだって身売りなんか――」

ひそめた夜見坂の声につられて、いつしか千尋も小声になりながら訊いた。

「大丈夫、ぜんぶお芝居ですよ。あの家には、ちょっとした調べ物をする間、ご厄介になるだけです。何も買い主に、一生真面目に仕えようってわけじゃありません」

「いや、しかしね――」

言いかけた千尋を強引にさえぎって、夜見坂はさっさと段取りの説明に入った。

「――それでもし、訊ねられたら、なんですけれど。

十歳の弟を連れてくるはずだった池川《いけかわ》兄弟の都合が急に悪くなったので、かわりに千尋さんが――ここは何か、適当な偽名を名乗って、自分の弟を連れてきた、って言ってください。

もう大方の話はつけてあるみたいですから、たぶんそれ以上のことは訊かれないと思いますけど、とにかく、適当に相手と話を合わせて、おれと引き換えにお金を受け取ったら、それで千尋さんの仕事はおしまいです。

あとは申し訳ないですけど、最寄りの街まで歩いていって、適当に車を拾うなり、汽車の時間を待つなりして、宿に帰ってください。何なら、そのお金を使って、そのまま何日かのんびりしていったらいいんじゃないかな。毎晩、よく眠れると思いますよ。街まで歩いていくのはちょっとたいへんだけど、千尋さん、汽車のなかで、運動不足だって言っていたし、ちょうどいいでしょう？　せっかくだから、月夜の散歩としゃれてください」

至って呑気な夜見坂の言いぐさに、千尋はあぜんとした。

「信じられない。僕に、身売りの芝居の片棒を担がせようっていう魂胆《こんたん》だったのか。それで、粗末な身なりをしてこいなんて言ったんだな。邪悪な顔つき云々《うんぬん》も——金に困って、弟を売るような男に見せかけるためか。ここまで理由を明かさなかったのは、僕の反対を見越してのことだったのか」

千尋は矢継ぎ早に問いを重ねた。

そんな千尋の真剣な態度は、夜見坂を少しあわてさせた。思いがけず怪しくなりはじめた雲行きに、答える声が少し、小さくなった。

「ええと、まあ、そんなところです。だけどここまでつき合ってくれたんだし、あとはもう、ほんのついでじゃないですか。どうにか協力してもらえませんか」

いくぶん遠慮がちに切り出した夜見坂の頼みを、しかし千尋は言下に断った。

「いや、だめだ。どんな事情があるのか知らないが、子供を金で買うようなやつがまともな人間であるはずがない。きみは気楽に考えているようだが、相手は人買いだ。どんな目に遭わされるかわかったものじゃないぞ。悪いが、そんな剣呑《けんのん》な芝居に協力はできない。さあ、帰ろう。いますぐにだ」

千尋は強引に夜見坂の腕をつかんだまま、たったいま来た道を、どんどん下りはじめた。

「だめですよ。千尋さんはものごとを深刻に考えすぎです。

ねえ、こう考えたらどうでしょう。おれがここで首尾よく犯罪の証拠を見つけて、その結果、犯罪者を一網打尽にひっくくることができれば、何人かの予定被害者が救われます。少しくらいは、他の人買いへの見せしめの効果だってあるかもしれない。そういうわけだから、千尋さんにはどうしたって協力してもらわなきゃ困ります」

しかし、夜見坂のふざけた理屈を、千尋はまったく受けつけなかった。振り向きもせず、歩調を緩めることもせずに言った。

「確かにそれはそうなんだろう。しかし、こういうやり方はだめだ。冷たいようだがこのさい、きみの安全を最優先にさせてもらう」

きっぱりと言い切ったとたん、夜見坂が不思議な所作をした。

と同時に千尋の手から、しっかりとつかんでいたはずの夜見坂の腕がするりと抜けた。縄抜け芸もかくやというような仕業に、思わずあっと声をたてた千尋の目の前で、

「そんなら問題はないな。どう転んでも、おれは安全ですから」

夜見坂は、ひらりと身体の向きを変えた。

そのまま屋敷のほうへと駆けだした連れの背中に、千尋はあわてて呼びかけた。

「おい、夜見坂君！」

何とか制止しようとしたのだが、もちろん夜見坂が応じるはずもなかった。ほんのひとときだけ足を止めて、坂の下に言いかけた。

「あ、そうだ。言い忘れていましたけど、おれのことは平《はかる》って呼んでください。兄が弟のことを姓で呼んだりしちゃ、さすがにおかしいですよ」

——おかしいのは、こんな怪しげな芝居を僕に強要するきみのほうだ！

むかっ腹をたてながら、千尋は夜見坂を追いかけた。

が、夜見坂は思いのほかに俊足だった。小柄な身体を駆って軽々と坂道を上っていく夜

見坂に、千尋はなかなか追いつくことができなかった。それどころか、どんどん引き離されていく。ふたりの間に、たちまち絶望的な距離が出現した。

このところ、部屋にこもりきりだったのがよくなかったようである。なまった身体に、いきなりの全力疾走はひどくこたえた。

胸の下で心臓が破壊的な音をたてている。息が切れる。日頃の運動不足について猛省をうながされた千尋だったが、もちろんいまさらどうしようもない。千尋は坂道の半ばまで追いかけたところで、夜見坂を捕まえることをひとまず断念しなければならなくなった。

しかし、夜見坂を連れて帰ることを諦めたわけではなかった。ともかく急いだ。夜見坂に追いつくためにできる限りの努力をした。

それなのに、やっとのことで屋敷の前にたどり着いてみれば、あろうことか夜見坂はすでに玄関先に立って、屋敷の人間と何やら話をしているのである。対応に出ているのは、こざっぱりとしたシャツとズボンを身に着けた若い男だった。

暗いうえに、かぶっている鳥打帽《とりうち》の庇《ひさし》がじゃまになって、顔つきを確《しか》とあらためることはできなかったが、どういうわけか、あたりまえの男だという気がしなかった。人買いだという先入観があるからか、実際に抜け目のない男だからなのかはわからなかったが、一分の隙《すき》もないようなのである。

千尋は息を整える暇も惜しんで、さらに足を速めた。

肩をいからせながら、大股に屋敷に近づいてくる千尋の姿を見てとった夜見坂が、わざとらしい別離の口上を述べたてた。

「ああ兄さん、とうとうお別れです。だけど、おれが奉公に出れば、父さんも母さんも妹たちも、皆、助かるんだもの。おれは平気ですよ。今生の別れというのじゃなし、また会える日もあると信じています。だから兄さん、どうかお元気で」

「……あんたが、この子の保護者かい？」

憤《いきどお》りと疲労に息をはずませている千尋に、鳥打帽の男が訊くと、

「そうです！」

千尋と男の間に割り込んで立ちながら、夜見坂が元気いっぱいに返事をした。

——そうですすじゃないだろう！

取り消しの言葉を、千尋は即座に口にしようとしたが、あわてて用意した言葉は、のどにひっかかったあげくにつっかかえて、話すどころか、かえって盛大に咳《せ》きこむはめになった。

幸か不幸か、男は千尋の身元をろくに確認しようとしなかった。千尋がまともに話せるようになるのを待つこともなく、手にしていた封筒を、ぽいと足もとに投げてよこした。

それから、背を丸めて呟きこむ千尋の耳もとに、ごく深刻な口調でささやいた。

「約束の代金です。以後、この取り引きに関する一切を忘れてください。永遠にですよ。でないと、お互いのためにならない」

何もかも、あっという間の出来事だった。

「いや、ちょっと待っ――」

呟きこみながらも、あわてて男を引き留めようと手をのばした千尋に袖も触れさせず、男は影のように扉の奥に退いた。

厚板でできた玄関扉が、千尋の鼻先で音をたてて閉じられる。

内側から錠を下ろす音が、あとに続いた。


――なんてことだ。

扉の前に取り残された千尋は、しばらく呆然《ぼうぜん》として、そこに立ち尽くしていた。ずいぶんたってから、やっと黒々とそびえる屋敷の外壁を見上げた。

間近で見る古屋敷の凄いようなたたずまいは、千尋をひどく不安にした。

屋敷のすぐ背後に迫った暗い森。この建物も、途中で見てきた廃屋同様、『老い』の例外ではありえなかった。半分の月の光の下でさえ、はっきりとそれがわかる。

ひびの入った壁面。そこに並んだたくさんの窓は、ただひとつを除いて、一様に鎧戸《よろいど》に閉ざされていた。鎧戸の塗料はほとんど剝《は》げ落ち、いたるところに錆《さび》をふいている。まさに、幽霊屋敷――いや、犯罪屋敷だ。

どうしたらよいのか見当もつけられないまま、千尋はしばらく屋敷のまわりをうろうろと歩きまわった。ここでこうしていても何もならないと頭ではわかっていても、なかなか立ち去る気にはなれなかった。

ふと気がつくと、また、夜見坂と男が姿を消した玄関扉に手を触れていた。が、ゆすっても、叩いても、もちろん呼んでみても、何の反応もない。

何か、取り返しがつかないことが起こりかけているような気がした。夜見坂は自身、犯罪的な取り引きの『商品』を装うことを、何でもないことのように言っていたが、だからといって、平静でいられるはずもない。悪い想像ばかりが膨らんだ。

あの夜見坂のことだから、何をするにしても手抜かりがあるはずはないと気を取り直してはみたものの、少しも安心できないのである。事情の全体像を知らされていないときては、なおさらだった。

暗澹《あんたん》としながらうつむくと、土に汚れた封筒が目についた。さっき男が投げて寄越したものだ。取り上げて、なかを確かめると、百円札が五枚入っていた。それは格安下宿に住まいしている千尋の使う学費と生活費、一年分に少し足りないくらいの金額だった。

千尋は使用人の給金の相場を知らない。しかし、夜見坂はこれが、子供ひとりを買い切りにする値段だと言っていた。人の身代金の、思いもかけなかった安さを目《ま》の当たりにして、千尋はぞっとした。そして思った。

――僕はいったい何に、夜見坂君を引き渡してしまったのだろう。

見るからに荒れた外観とは違って、屋敷の内部は、それなりに手入れをされていた。カーテンが裂けて垂れ下がっているようなこともなかったし、床板に穴が開いていたりもしなかった。

しかし、それだからといって、ありふれた住まいだとも言いがたかった。ざっと見渡しただけでも、そこにはふつうの住居にはない、違和感が満載だった。

まず、建物全体の陰気さにかけては言うまでもない。しかし何より不自然なのは、使用人の姿がまったく見当たらないことだった。

屋敷住まいをするような人間は、何よりも家を飾りたてることに情熱を傾ける。なかでも複数の使用人は、屋敷の装飾に欠くべからざる、重要な『調度品』だ。

そもそも屋敷の主人なるものは、自ら訪問者の対応に出たりはしない。たとえ、諸事情によって大勢の使用人や、贅沢な家具、調度を諦めなければならなくなったとしても、取り次ぎを受け持つ使用人だけは、何としてでも確保しておく――それが、一家を構える屋敷の主人にとって、死守すべき、プライドの砦《とりで》だからである。

ところがこの男は、はじめに、自分がここの主人だと名乗った。あるじ自ら、対応に出てきたというわけである。どうやらこの屋敷には、住み込みの使用人どころか、通いの使用人すらいないらしかった。

夜見坂がそんなふうに見当をつけたのは、屋敷の装飾物や調度の輪郭が、どことなくくすんで見えたからだった。

物に命を通わせるのは人の手であり、家を息づかせるのは住人である。品物といえども、常に人の気に触れていると、やがて相応の生気を帯びはじめる。人の手や眼が触れること、使用されること――毎日、繰り返し受ける人の気を反映して、住居や家財は生命を得るのである。

つまり、大きな屋敷を息づかせるためには――あるべき状態を維持しようとするならば、どうしても、ある程度の人手と経費が必要になるのである。

まずは、清掃係や庭師。それから、小間使いや、家令、料理人のたぐい。加えて、たくさんの人を住まわせていることそれ自体に伴う、諸々《もろもろ》の調度や資材――とにかく、しち面倒な要素をひととおりそろえることを要求されるのである。

ところが、この屋敷には、そういった努力の集積がまるで感じられなかった。目につく場所だけ、とりあえずの必要だけを満たしている、というような、間に合わせの感があからさまだった。ようするに、少しも人が生活している家らしくないのである。

夜見坂は、がらんとした屋敷を不審に思いながら、先に立って歩いていく男の背中を眺めた。大きな屋敷と、おざなりな管理。男は、ずいぶん風変わりな人物らしい。

あるいは、彼はあたりまえの居住者というわけではないのかもしれなかった。しかしだとしたら、彼はいったい何のために、このような大仰な屋敷を構えているのだろう。誰も寄りつかないようなさびれた土地で？　わざわざそんなことをする理由があるとしたら？

——たとえば、誰かをペテンにかけるため。

夜見坂は、これが、数日限りの見世物の舞台なのだと想像してみた。目当ての客をもてなす間だけの、仮の住まい。

そんなふうに考えてみると、何となくつじつまが合うような気がした。二度と会うつもりのない相手と、わずかな時間を共有する場——この屋敷がそのための入れ物なのだとしたら——確かに、何もかも借り物でじゅうぶんである。

詐欺師がときどき使う手口だった。一夜の贅沢な饗応《きょうおう》で、すっかり人を信じこませ、出資や契約を口実に、客から貴重品を『預かる』のである。

ところが、次の朝になると、屋敷はもぬけの殻《から》。持ち去られた大金。すべてがペテンであったと被害者が気づいたときには、詐欺師の素性も行方も、もはや、誰の手も届かない闇のなかである。

――しかし、だとしたら。

今度は、男の軽装が腑《ふ》に落ちなかった。使用人の姿が見当たらないことも、やはり妙である。標的を信用させるに足る『人物』を装うなら、もっと身なりや演出に金をかけるべきだからである。おまけに、子供を買おうとする理由もわからない。
二、三の可能性に思いを巡らせてみたが、たどり着いたどの答えも、夜見坂をじゅうぶんに納得させてはくれなかった。
夜見坂は男に話しかけた。

「おれ、お屋敷にご奉公するの、楽しみにしていたんです。おれが仕えるのは、どんな人ですか。あまり厳しすぎない人だといいな」

当人以外の人間がここに住んでいるのかいないのか、探りを入れてみたのだが、男は返事をしなかった。

仕方なく、夜見坂は質問を変えた。男の身元を探るべく、あれこれ鎌《かま》をかけてみたのである。しかし、男の口は堅かった。夜見坂が何を訊いても答えない。それでも、夜見坂があまりにしつこく質問を繰り返すので、しまいにはうんざりしたらしく、ようやくこれだけ口にした。

「すまないが、これから急いで出かけなければならないんだ。質問はあとにして、しばらくここでおとなしく待っていてくれ」

男はちょうど行き当たった扉の前で、夜見坂を振り返りながら言った。

男にうながされて、夜見坂はおとなしく室内に足を踏み入れた。

そこはいかにも、使用人のために用意された、という趣《おもむき》の部屋だった。おおよそ物置か独房かといったふうである。世間ではあたりまえの習慣、ということになってはいるが、嫌がらせのように暑くて寒くて狭苦しい部屋に住まわされる、使用人の不遇が身につまされた。

この部屋も、やたらと息苦しい。窓がないからだ。壁面に、はじめは存在したらしい窓を塗りつぶした跡があった。

居住者の快適な生活をあくまで阻止しようとする、とんでもない仕様である。おまけにその小部屋は、次の間にも、納戸にさえも接しておらず、出入り口のある一面を除いた五面は、完全な平面のみで構成されていた。簡素な寝台と椅子が、壁際にぽつんと置かれているのがなおのこと、もの淋しい。やはり、独房風である。

その印象が間違いでなかったことは、じきに証明された。夜見坂が部屋の様子に見入っているうちに、背後で扉が閉じられ、鍵をかける音が聞こえた。

そこは事実、独房であるらしかった。

通路を遠ざかっていく男の足音を聞きながら、夜見坂はあたりに視線を巡らせた。それから、壁に手を触れた。その手をそのまま、壁の上に滑らせていきながら、広くもない室内を数周した。

どこにも抜け穴はない。壁が薄くなっているようなところもない。壁の造りは堅牢で、出入り可能なのは、やはりさっき夜見坂が通り抜けてきた扉、一カ所きりらしかった。

「なんだか、笑っちゃうくらい犯罪的なんだな」

つぶやきながら、夜見坂は実際に苦笑した。それから外壁に面していると思われる壁の一面に、ぺたりと耳をつけて外の気配をうかがった。ほどなく遠くで、自動車のエンジンに点火する音が聞こえた。

自動車の気配が完全に消え去るのを待って、夜見坂は扉に近づいた。ベルトの裏から取り出した針金を、まずは鍵穴に差しこんだ。工夫すること、しばし。

夜見坂の指先に、錠をおさえるバネが跳ね上がる手ごたえが伝わった。

3

「長島《ながしま》様、起きておいでで？　お申しつけのお迎えが、たったいま着きましたようでございます――」

襖《ふすま》の向こうに番頭の声を聞いたとたん、長島は飛び上がるようにして、布団の上に身を起こした。

「わかった。迎えの者に、すぐに行くと伝えろ！」

焦る心に気もそぞろになりながら、長島は寝乱れた浴衣《ゆかた》の帯を、急いで解きにかかった。

時刻は午前二時、深夜であった。

業者の言うとおりに、湯治《とうじ》を口実に、ひとりきりで来た。指定の日に、言われたとおりの旅館に宿をとった。ところが、そのあと、業者が姿をあらわす気配はついぞなく、夜になっても、何の音沙汰《おとさた》もない。日付が変わる頃になって、受付係が電報を届けに来た。

――ゴゼンイチジ　ムカエヲマテ。

待たせたことについて、謝罪のひとこともなく、いまごろ約束の時間を変更してくるとは、いったい誰を相手にしているつもりかと、頭に血がのぼった。

が、当の業者が目の前にいるわけでもない。手近にいる受付係に憤懣《ふんまん》をぶつけるしかなかった。受付係はしきりに恐縮していたが、それで怒りが収まるはずもなかった。

まったく、我慢がならなかった。いますぐ宿を引き払って帰ってしまおうかと考えたが、どうにかこらえた。

長島はいま、人生最悪の窮地《きゅうち》に陥《おちい》っていた。こうなってしまった以上は、ここを去ってするべき重要事など、他に何もなかった。どこへ行っても、どんな気晴らしをしても、もはや慰めにはならない。それは、長島自身がいちばんよく承知していた。

だから昼の間、腹を立てながらも、長島はじっと待っていたのだ。じりじりしながら、業者の次の指示を待ち続けた。部屋から一歩も出ずに。

目の離せない貴重品を携えてきていたために、気軽に外出するわけにはいかないという事情があるにはあった。しかしなにより、長島自身が、とうていそうするつもりになれなかったのである。

体調は芳《かんば》しくなく、気分はすぐれず、不安は増すばかり――じっさいのところ、外出どころではなかった。いきおい、長島は寝床の上で陰鬱《いんうつ》な考えに耽《ふけ》っては、我が身にふりかかった不幸に呻吟《しんぎん》するばかりの数時間を過ごすはめになった。

突然、付添人も連れずに湯治に出かけると言い出した長島に、妻はひととき、何か言いたそうな顔つきを見せた。しかし、疑問や懸念、ましてや、反対を口に出したりはしなかった。もちろん、旅行の理由を、詮索することもなかった。ただ、『行っていらっしゃいませ、ただいまお支度をしてまいります』と頭を下げただけだった。

甘やかすと際限なくつけあがるのが、人間というものである——これが、長島の持論であった。

だから長島は、使用人はもちろん、家人にも、自分の分際をわきまえるよう、せいぜい厳しくしつけてきた。利益の発生を伴わない他人の言葉になど、何の価値もない。

殊《こと》に家人については、主人に逆らわないよう、厳格に接した。女や子供——金を稼ぐこともできない半端者のくせに、隙《すき》あらば主人に差し出口をきこうとする性根が気に入らなかった。取るに足りない人間は、それ相応にふるまうべきなのだ。

身の程をわきまえない人間には、鞭《むち》が必要だった。それを、いくらかでも有用なものに仕上げようとするならば。

長島はこれを、社員にも徹底してやった。ときにはやりすぎではないかと、さかしげに忠告する者がないではなかったが、その有害無益な差し出口を、長島は毎回、鼻であしらった。

他人の気持ちを汲《く》んでやれ、などとは、片腹痛い戯言《ざれごと》である。そんなことをして、いったい、何の得になるというのか。道具に情をかける謂《いわ》れなどない。道具は、最大限に利用してこそ、初めて正しく有用だといえるのだ。それこそが使い手の才覚というものである。

他人など、そもそもが単なる手段にすぎないのだから、替えなどいくらでもきく。労《いたわ》る理由がない。替えがきかないのは、ただ己の身ひとつのみである。


長島は、富貴《ふうき》の生まれではない。だから、貧者の生活がどういうものかを、よく知っている。あれは、美しさのかけらも存在しない、ぞっとするほど醜《みにく》い世界だった。

あそこから抜け出すために、長島は非常な努力を重ねてきた。それはまさに、生きるための戦いだった。血みどろの戦場――そこで信じられるのは、どんなときでも自分だけだった。

長島は、生まれたときから余計者だった。だから、物心つくやいなや奉公に出された。最初に勤めた織物工場では、ほとんど寝る間もないくらいに働かされた。労働環境の悪さに、使用人たちは四六時中いらついていた。長島はまずはそこで、『世間の仕組み』を身をもって学ぶことになった。

奉公人制度というのは、雇用者にとって、まことによくできた仕組みだった。

奉公人どうし、立場の上下によって、公然たる嫌がらせ、ごまかし、はては暴力までもが容認されている。この制度の内にあって、下位者の不遇はすべて、『本人の不徳』の一語で片づけられた。上位者は、下位者を問答無用で支配する権利という、ささやかな権力を与えられて、自分の地位に安住していた。雇用者が何をしなくても、使用人どうしで、お互いを抑えつけあうのである。

結果、使用人たちは、互いの間で恨みを募らせ、憎みあい、消耗し、境遇がもたらす不満が、全員の不遇を作り出している張本人である雇い主に向けられることは、ほとんどないのであった。

かつて、長島の雇用主だった人間は、揃《そろ》いも揃って因業《いんごう》だった。使用人に対して、冷淡であるばかりか、露骨《ろこつ》にもの惜しみした。給金もぎりぎりまで低く抑えられていた。

店構えの立派さと、使用人の扱いには、何の関係もなかった。

自由な時間以上に、食べる物に不足を抱えていた使用人に、主家に届けられるたくさんの到来物は、たいへんに目の毒であった。それがどんなに豊富で多彩であろうと、使用人の口に入ることはけっしてなかったからである。大量の菓子や産品は、しばしば腐るまで座敷の隅に放置された。あげく、廃棄されたまんじゅうに、砂がまぶしつけてあるのを見つけたときは、自らの立場の弱さを痛いほどに思い知らされずにはいられなかった。

たとえ、用のないものであっても、使用人の口にだけは入れさせまいとする、主家の人間の陰険な仕業だった。

あの頃の自分は、人ではなかったのだと思う。だから、人扱いにされることがなかった。持たざる者は、動く泥人形だ。

泥人形たちは、各々、鵜《う》の目鷹《たか》の目で、互いの粗探《あら》しをする。そのくせ、世界を異にした『人間』に対しては、その不正をまともに見ることもしなくなる。誰もが『そんなものだ』のひとことで済ませてしまう。泥人形たちが『別世界』に住む迫害者に、とことん従順になるのは、まことに不思議なことであった。

現世において、弱さは罪悪である。罪人を、誰が助けてなどくれようか。

世界は汚く、ここで生きのびていくためには、世界以上に汚れることが必要だと心に刻んだ。狡猾《こうかつ》に、貪欲《どんよく》に、容赦《ようしゃ》なく。いったん、そういうものだとのみこんでしまえば、あとはその理屈に忠実に、ことを実行するだけだった。

とにかく泥人形たちの手の届かない、『人』の地位を手に入れることである。重要なのは、金を稼ぐことだった。

西大陸の戦争を見越して勝負をかけた、鋼材の商《あきな》いが当たったのが転機になった。ひと財産をものにした長島は、さらなる高みを目指した。高所に昇るために、どうしても入り用になるのは、踏み台である。長島は、はじめは相手をおだてることで、おしまいには恫喝《どうかつ》することで、他人を利用していった。役人への賄賂《わいろ》、買い叩き、横流し。不正は、おもしろいように利益を生んだ。

御用商人の地位を手に入れるために、ときには法に触れることにも手を染めたが、先に監視者を抱き込んでおけば、仕事はすこぶるやりやすくなった。

世間は厳しい、つらい、残酷なところだ。ならば、こちらでも容赦はしない。大勢の人間を裏切り、使いつぶした。が、露《つゆ》ほども心は痛まなかった。愚者は、愚かだから裏切られ、貧者は、弱いからつぶされるのだ。勝ち残った人間が特権を得るのは当然だ。金を持っていない人間は、持つ人間に——その地位を得るに至った才能に、奉仕すべきなのだ。

長島は自分のじゃまをする、あらゆるものと戦って、勝ち残った。良識などという、敗者の欺瞞《ぎまん》に耳を貸すつもりはなかった。埒《らち》もないことだ。

長島はこれまで、そんな自分の信条を疑ったことは、ただの一度もなかったし、いまも唯一の正答だと確信している。

事実、それは間違いではなかったのである。だから、こうして富と自由を手に入れることができた。正しかったからこそ、長島は成功できたのだ。

——俺は金を稼ぐ。いまの世の中で、最も価値のある種類の人間だ。

金庫に金を積み上げることこそが、長島の人生の目的であり、矜持《きょうじ》であった。


早々に着替えを済ませた長島は、常に身近に携えていた書類鞄を手に取った。

たっぷりと待たされたぶん、嫌でも気が逸《はや》った。指定してきていた午前一時を、さらに一時間も過ぎての迎えである。長島の神経の糸はきりきりと張りつめて、あと少しの刺激でも加われば、ぶつりと切れてしまいそうだった。

つけっぱなしにしてあった常夜灯の淡い光を背に受けながら、長島は熱に浮かされた人のようにおぼつかない足取りで部屋を出た。

——俺は、これまで散々毒を食って生きてきた。ただし、どれも有用な毒だった。いまさら新たな毒を食うのに、何の躊躇《ちゅうちょ》があるものか。

長島は薄暗い階段を下りていきながら、勝利の冠《かんむり》を戴《いただ》く将軍の雄姿を、自らに重ねあわせた。


門燈に照らされた旅館の玄関先に、自動車が横づけにされていた。長島が出ていくと、車のかたわらに立っていた男が、もったいぶった手つきでドアを開けた。

長島は車に乗り込みながら、男の姿を一瞥《いちべつ》した。

平均的な体格の男である。ありふれたシャツとズボンを身に着けている。しかし、男はただの運転手ではない。長島はそれを知っていた。

強靱《きょうじん》と柔軟を同時に感じさせる、男の均整のとれた体つきは、勤め人にも、農民にも、軍人にも見えなかった。目深にかぶった鳥打帽《とりうち》に半ば隠された表情をあきらかにうかがうことはできなかったが、おそらくはいつか見た、あの油断のない目つきをしているにちがいない。いましも口許《くちもと》に、人を食ったような笑みが浮かんでいた。

あいかわらず得体の知れない男である。

大きな音を立てて車のドアを閉め、自らは運転席に乗り込んだ男の後ろ姿を、長島はじっと見つめた。

長島は元来、非常に用心深い性質の人間だった。危険なものには鼻が利《き》く。もちろんその特技は、取り引きだけではなく、人物に対しても有効だった。人を見分ける目にはそれなりの自信がある。その勘に従うならば――目の前の男は、ぜひともかかわらずに済ませるべき種類の人間だった。通常ならば。

しかし、いまは平時ではなかった。だから、胡乱《うろん》な人物だということはじゅうぶん承知のうえで、こうして単身で会いに来た。あまつさえ、言いなりに従っている。

長島を取り巻く状況が、以前とはすっかり変わってしまったからである。

いましも長島は、死神にのど元を締め上げられている身の上だった。この期に及んで、男の素性や性質などを気にしている余裕はなかったのである。

じつに忌々《いまいま》しいことではあったが。


走りだした車に揺られながら、長島はとなりの座席に置いた書類鞄を、さらに近くに引き寄せた。暗い窓の外を、影のような景色が流れていく。

やがて運転席の男が口を開いた。

「じつはさきほど、お約束の商品が到着したのですが、予定より少し遅れて届きましてね。はじめに依頼していた売り手の都合が悪くなったとかで、かわりのものを寄越したんです。おかげで少々余分に待っていただくことになりましたが……品物はまあ、悪くはありません。

ところで、代金のほうですが、間違いなく、ご用意いただけましたかね」

男の砕けた口調は、長島をさらに不機嫌にさせた。人を散々待たせておいて、なんという言いぐさだろう。待っている間に感じた不安と怒りは、長島の心身をずいぶん苛《さいな》んだというのに。いっそ怒鳴りつけてやりたかったが、長島はその衝動をやっとのことでのどの奥に抑えつけた。せっかくここまでこぎつけたのだ。いまさら男の機嫌を損ねて、放り出されては元も子もなかった。

「もちろんだ」

長島は低い声で答えた。体調はあいかわらず悪かった。男の不手際にふりまわされなくても、今度の旅は、病身の長島にはことさらひどくこたえた。そんな長島の唯一の支えは、もう一度健康を取り戻すことができるかもしれないという可能性、それだけだった。


長島が病の不治を宣告されたのは、いまからひと月ほど前のことだった。

いつものように会社に向かい、車を降りたところで、意識を失った。突然の不運にして、致命的な運命の到来。それはまさに、死神の一撃だった。

意識を失ったまま数日が過ぎ、病院の寝台に不動の姿勢で縛りつけられたまま、さらに数日が過ぎた──らしかった。

かくて、意識を取り戻した瞬間から、ほんとうの悪夢がはじまった。

長島は浅いまどろみのなかで、信じがたい話を聞いてしまったのだった。

「──残念ですが、もはや手の施《ほどこ》しようがありません。治癒《ちゆ》は望みようもありませんが、養生次第でいくらか時間が稼げるかもしれません。それなりのご高齢ですし、ひとまず事業を引退されて、ご自宅で療養されては。ご家族に心残りがないよう、穏やかに日々を過ごされることをお勧めします——」

続いて、若い男の声が、乾いた口調で病状を説明しはじめた。彼は患者に残された時間の短さを、暗にほのめかしさえした。それは、これまで死神にしっかりと両肩をつかまれてしまった人間の身内に、何度も繰り返されてきたお定まりの文句に違いなかった。

はじめは意味がわからなかった。この男は、何を言っているのだろう。どこかの誰かの人生の終わりにまつわる、くだらない長話。

しかし時間がたつにつれて、かすかな疑いが生まれ、それはじきに鮮明な恐怖へと変わっていった。

——これは、俺のことなのか？

「そんなはずはない。そんなはずは——」

夜の森に迷い込み、どうしても戻れなくなった人間のように、行き先に広がる暗闇に怯《おび》えながら、長島は夢うつつのなかで、ただ馬鹿のように繰り返していた。

長島は今年の正月に、七十になった。医者が指摘するとおりの高齢だが、それが何だというのだ。すでに価値を失った人間であるかのように扱われるのには、我慢がならなかった。

——俺が、病人だと？　それも、遠からず、死人になることが決まっている？

あってはならないことの成り行きに、今度は煮え湯のような怒りがわいてきた。

——なぜ、俺が。

自分は特別な人間だったはずだ。だからこそ、抱いた望みをことごとく思いどおりにしてこられたのだ。事業でも、人間関係においても、自分は成功者だった。いままでは誰ひとり、逆らう者もいない。

親から譲り受けた財産があったわけではない。貴族だったわけでもない。力も、縁故もない身の上から、自分の才覚ひとつでここまで成り上がった。あたりまえの人間には、とうていできない芸当だ。いまでは、資金の援助を求めて、貴族も、王立大学出の役人も、政治家でさえも長島に頭を下げる。

そんな自分が。あたりまえの人間並みに病に斃《たお》れるなどとは、とうてい納得できることではなかった。そこらあたりの労働者や農民とはわけが違うのだ。

——そうだ、これは何かの間違いだ。

怒りはそっくり、自分から命を取り上げようとする、世界に対する不信感にすり変わった。長島は運命を呪い続けた。いざとなれば、自分の意志の力で、我が身にふりかかった理不尽な運命をねじ曲げてやるつもりだった。

しかし、運命の意力は圧倒的だった。次第に低下してゆく体力をどうすることもできない。同時に、まわりの人間の態度が少しずつ、変わりはじめたのに気がついた。

まだ、他人に対する影響力を失《な》くしたわけではなかった。しかしそこには、目には見えない薄い幕が、ひっそりと存在するようになっていた。こちら側とあちら側をはっきりと分かつ、得体の知れない隔たり――その正体については考えたくもなかった。

誰もかれもが、ご機嫌伺いもそこそこに、さっさと引きあげていく。一方で、次第にできることが減っていった。それは紛れもなく、恐怖の体験だった。

焦りにまかせて、見舞いに来た家人を怒鳴りつけ、給仕をする看護係に皿を投げつけた。

――俺を誰だと思っている。

へとへとになるまで腹を立てた。

そのあげくに思い知った。もはや何をしても、現実は変わらない。

長島は憔悴《しょうすい》のうちに、あらためてまわりを見まわしてみた。まず目に入ったのは、自分に仕えるたくさんの人間たちだ。長島の不幸にはお構いなく、平気に暮らしている。それから、有り余るほどにたくさんの金。これこそが、多くの人間を自在に操ってきた、魔法の杖。

しかし、いまさらそんなものが何になる。他人も金も、命の期限を切られた長島には、何ほどの救《たす》けにもならなかった。本物の恐怖が、焼けた火箸《ひばし》のようになって、長島の背筋を貫いた。

——俺に足りないのは、時間だ。時間だけだ。時間が欲しい。

人魚の肉を商うという男が長島の前にあらわれたのは、ちょうどその頃だった。

地位を得たいまとなっては誰も口にすることのなくなった、実名を呼ばれたような気がして、長島は目を開けた。

暗い天井、遠い朝の気配。長島は自分が依然、深夜の病室にいることに思い至って、絶望を新たにした。不快感に自然と顔がこわばった。

苛《いら》つく気持ちを持て余して付添人を呼んだとき、初めて彼女の不在に気がついた。いったいどこへ行ったのだろう。いつも彼女が待機している長椅子は、空になっていた。

勝手に持ち場を離れた怠慢《たいまん》を叱責《しっせき》するべく、かっと口を開きかけた長島の足もとに、つと黒い影がさした。

どこから入ったものか、気味の悪い男が病室の戸口に立っていた。

黒い丈長の上着。死神を彷彿《ほうふつ》とさせる風体に、長島は思わずぞっと鳥肌を立てた。まるで『死』を具現化したかのような男だった。恐怖が、満ちてくる潮のように長島の足もとを濡らした。

男は、石のように硬くなっている長島を尻目に、悠々とした足取りで寝台のかたわらを巡ってきた。枕元の照明に手をのばし、スイッチをひねった。

淡い明かりのなかに、男のおもざしが浮かび上がった。その顔は髑髏《どくろ》でも、腐り崩れた肉塊でもなく、あたりまえの人間の目鼻立ちをしていた。

「こんな夜分に、すみませんね」

男はぞんざいな口調で言った。

「誰だ、どこから入った。さっさと出ていかんと承知せんぞ」

脅しつけるように言ったが、その勢いの半分以上は恐怖、残りは虚勢からなるものだった。

男はとりたてて大柄でも、屈強そうでもなかったが、それでいて、どこか尋常ではない雰囲気をまとっていた。

思いもかけず人ならざる気配に触れた、そんな気がして、長島はひそかに身震いした。

「まあ、まあ、そうお怒りにならず。むやみにかっかすると、お体に障《さわ》りますよ」

いかにも呑気《のんき》そうに笑って、男は空になった長椅子に腰かけた。男の場違いにくつろいだ態度が、余計に長島の不安をかきたてた。

「お前は、な、何者だ」

「名乗るほどの者じゃ、ございません。私はただの物売りでしてね。適当な客を見つけては、こうして訪ねてまわっているんです。なにしろ、扱っている品物が特殊なので。こちらとしてもずいぶん、客を選ぶんです。だからどうしても、こうして個別販売という形をとることになる」

「適当な客……個別販売？」

長島は、男の言うことを理解しかねて唇をゆがめた。いくら何でも深夜の病院に、まともな商用でやってくる人間がいるとは思えなかった。

不審のあまり、表情を硬くしたままでいる長島に、彼はさらに気さくに笑いかけた。

「わかりませんか？　私は、ごく稀少な品物を売り込みにきたんですよ。とても高価で、扱いの難しい商品です。加えて、死神に追いつめられている人間にしか、意味をなさない」

男の言いようは、長島をひやりとさせた。死神に追いつめられた人間――そのひとことが、長島に、いまの自分の現状を、残酷なほどにはっきりと自覚させたからだ。

死を待つ人間。

あたりに、暗い沈黙が降りた。それを先に破ったのは、長島のほうだった。からからになったのどからしぼり出した、かすれ声で訊《き》いた。

「その、売り物というのは、何だ」

長島の切実な問いかけに、男は形ばかりの微笑を引っ込めた。といって、釣り針に食いついた客を、とくにありがたがるといったふうでもなかった。至って平板な口調で言った。

「薬です」

男の答えは素っ気なかった。が、対する長島のほうは、とたんに冷静ではいられなくなった。石のように冷えて、冷たくなっていた体内に、ぱっと希望の火が燃え上がった。

「こ、この病を、治せる薬か」

男が口にした薬という言葉は、長島の身の内を、にわかにわきだした活力でいっぱいにした。そんなふうに都合のよい薬があるはずがないという理性的な判断と、それを手に入れたいという本能的な欲求が、腹の底で激しくせめぎ合った。

「よくなりますよ」

あっさりと返されて、長島は我知らず寝台の上に起き上がっていた。大声で叫んだ。

「よくなる？　よくなるのか、病が！　この死病が！」

部屋の隅の暗がりに向けられていた男の視線が、長島の上をさっと刷《は》いた。それから、上着の隠しを探って、小瓶を取り出した。

「それが、薬か」

思いもかけず、明示された手段だった。それは砂漠で見る水の幻想にも似て、長島に我を忘れさせた。長島は夢中で差し出された小瓶をつかみ取った。

瓶のなかには、木の皮のような茶色い切片が入っていた。長島の震える手のなかで、それはかさかさと乾いた音をたてた。

「特別な薬です。おそらく、いまのあなたに、最も必要な」

「特別な薬……」

「『人魚の肉』です」

長島は男の顔を見た。

男はその語句を、本気とも冗談ともつかない調子で、さらりと声にした。

容易に腑《ふ》に落ちない答えだった。人魚の肉。まるで実質を伴わないように思える男の言葉は、じつに霞《かすみ》か風のように長島の耳朶《じだ》をかすめて、はかなく宙に消えた。

つかの間、長島は男の顔を見つめたまま、ぼんやりとしていた。

男が椅子から立ち上がった。

「代金はいただきません。まだ。

まずは、それを試していただいて――正式な取り引きは、そのあとで。効果のほどを確かめてからのほうが、ご安心でしょう？
ところで、ごらんのとおりの営業法です。察しはつくと思いますが、これは公《おおやけ》にできるたぐいの商売じゃありません。くれぐれもご内密に。他にもらすようなことがあれば、商談は即座に打ち切ります。残念ですが。

ではまた、近いうちに。いずれ折を見て、こちらから参上いたします」

男はそれきり、足音も立てずに病室を出て行った。あとには、病室を満たす、薬臭い闇だけが残された。

——人魚の肉だと？

長島は男の言葉、を心中で何度も繰り返した。

男とは、まったく面識がなかった。いったい長島のことを、いつ、どこで知ったのか。ふらりとあらわれて、またまぼろしのように姿を消した男は、その話の内容と相まって、夢のなかに登場した架空の人物のように思われた。

しかし、彼はまぼろしではなかった。長島はいつの間にか強く握りしめていた片手を開いた。汗ばんだ手のひらに、男が置いていった小瓶が確かに載っていた。

とはいえ、にわかに信じがたい話ではあった。

人魚の肉なる珍奇な品物は、世に不老不死の妙薬として知られている、胡乱きわまりない薬種である。もっとも、それがただの作り話であることは、疑いをいれなかった。人魚や、その肉の効用についてのあれこれが人の口の端《は》にのぼるときには、必ずおとぎ話か怪談の体裁を取るのが、何よりの証拠である。

人魚の肉——むかしから、不可能を望む愚かな人間を相手に散々使い古されてきた、詐《さ》欺《ぎ》師の売り物。老いず、死なずの薬効を持つという触れ込みもさることながら、存在自体が伝説にすぎない人魚の肉などというものを、実在の品として売りつけようという商人の面の皮の厚さに、長島は苦い苛立ちを感じずにはいられなかった。

土地、建物、その他権利や資格——二束三文の商品をすこぶる有用に見せかけて、取り引きをもちかける仲買人。好き勝手な逸話や来歴をでっちあげて箔《はく》付けをした紛い物を、法外な値で売りつけようとする骨董《こっとう》商。客の無知や弱みにつけ込んで大金をせしめようとする商人は、どんな分野にもいるものらしかった。

世にためしなきもの、それこそは死なない人間である。死を避ける方法があるという発想自体、子供騙《だま》しにも及ばぬ世迷い言、愚にもつかない空想の産物である。もし、そんなものがほんとうに存在すると真面目な顔で語る者があったとしたら、それは厚かましい騙《かた》り者か、正真正銘の馬鹿だけだろう。

——この世に、不老不死の妙薬などあるものか。

ひと月前の長島なら、そんなふうに、洟《はな》もひっかけなかったはずである。

思いもかけず、死の暗い汀《みぎわ》に立たされているのでなければ。かろうじてその水場のほとりに長島をとどめている足場が、いまこのときも、どんどん崩れていっているのでさえなければ。

長島にとって、小瓶のなかの茶色い切れ端はもはや、ただの『いんちき商品』ではありえなかった。立場が変われば、ものを見る目も変わるのである。ちょうど、荒海に投げ出された人間が、目の前に流れてきた木っ端に、必死で縋《すが》りつこうとするのに似ていた。この期に及んで、板の良しあしを詮議している暇はなかった。

意識のどこかで、自分の判断を嗤《わら》いながら、いつしか長島は、手のひらのなかの『方法』にすっかり心を奪われていたのである。

かつての——病に倒れる前の長島は、冷徹な実際家だった。しかし皮肉にも、それだからこそ、目の前の可能性を信じるつもりになっていたのである。自分を救えるのは、自分だけ。常に不本意な成り行きに抗い、ねじふせてきた長島だからこそ、最後まで方法を求め続けずにはいられなかった。可能性がある限りは。それが何であろうと。

長島は、小瓶のふたを開けた。中身を手のひらに取り出した。乾燥肉らしい。一瞬、それを口にすることをためらった。が、結局は口に運んだ。『薬』は、土と黴《かび》の味がした。

乾燥肉――薬の効果はすばらしかった。

肉を口にしていくらもたたないうちに、不快な痛みが潮のように引いていった。しかし何よりありがたかったのは、連日、長島を苛み続けていた不安が、嘘《うそ》のように霧散したことである。

その夜、長島は、久しぶりに安眠を得た。倒れてこのかた、一度も味わうことのなかった、それは何という心地よさであっただろう。

男がふたたび長島の前に姿をあらわしたのは、退院を前日に控えた、やはり深夜だった。

そのときには、長島はすでに、一も二もなく本契約に応じるつもりになっていた。

「あの薬をくれ。金ならいくらでも払う」

性急に品物を求める長島に、男はしごくのんびりと、条件の提示をはじめた。

「気に入っていただけたようで、なによりです。ですが、その前に、確認しなければならないことがふたつ、あります」

「何だ、さっさと言え」

焦《じ》れる長島に、男はうっすらと笑いかけた。

「ひとつは価格。『人魚の肉』の値段は、十万円です。びた一文まかりません。支払えますか？」

びっくりするような高額であった。が、問題はなかった。払えない金額ではない。

了解の意を、うなずくことで示した長島に、男は満足そうに続けた。

「ところで『人魚の肉』というのは通称名でしてね、商いの世界にはよくあることですが、商品名と実際の内容は、少々異なっているのです。そうであるからには当然、この薬に、伝説上の人魚の肉が持つ、不老不死の効能は望むべくもありません。

しかし、だからといって、効かないというのでもない。いまあなたが抱えている病を追い払う程度の効力は、じゅうぶんに備えている。不老不死薬ならぬ、延命長寿薬といったところでしょうか。

さて、正規の客になっていただくからには、この薬の素性を、正直にお知らせしないわけにはいきません。以前にお渡しした試しの品、あれは、死んだ人間の臓器から製造した『薬』です。古代から伝わる秘法が語るところ、人の病んだ臓器を助けるのは、やはり人の臓器なのです。いわば、あなたの病んだ肉体の気を、死人の肝に残った気によって補ったわけです。

しかしいかんせん、死人の肝では力が足りない。じつのところ、これはその場しのぎの方法にすぎません。身体《からだ》に深く根を張った病の根を断つには、もっと強い薬効を持つ臓器が必要になる。

生命によって生命を養おうというのです。少年少女の、生命力旺盛《おうせい》な臓器にまさるものはない。それも、生きた人間の身体から取り出したばかりの臓器こそ最上。

いまはすっかり廃《すた》れてしまいましたが、これは古いむかしから、地位ある人間が用いてきた療法です。『知っている人間』の間では、まだじゅうぶんに有効とされている方法ですよ」

「まさか、迷信だろう」

「おや、お疑いになる？　薬の効果を実際に経験されていながら――」

男は含み笑いした。

「とかく権力者というものは、情報を隠したがるものでしてね。あなたにも、覚えがあるでしょう。知ることこそ――いえ、隠すことこそ、人に優位を与える力の源だ。ほんとうに有用なやり方というものは、いつでも凡百の人間の目からは隠されているものです。真に役に立つ知識は、選ばれた者――あなたのような人間にのみ、開かれている。

とはいえ、現代では、人肉食は人の常道に外れた行為とみなされています。褒められた行いではない。事実、人魚の肉の正体を聞いて、怖気《おじけ》づかれる方もある。いかがですか？　あなたはあえて、この『人魚の肉』を求める気概をお持ちでしょうか」

探りをかけてくるような男のまなざしに、長島は薄笑いで応じた。

「なるほど、子供の生き肝を人魚の肉と呼んだか」

「秘密に隠語はつきものです。都合の悪いことこそ、ことさらに耳触りのよい言葉で語られるべきなのです。おかげで、宮廷や寺院には、ことのほか美しい言葉があふれている。ともあれ、あなたは運がいい。かつて王侯貴族に施された治療術を、こうして実際に試みる機会を得られたのだから。富める者は、並みの人間には手の届かない稀少な品物を手に入れることができる。そのこと自体、世間で行われている経済活動と少しも変わるところはありませんが、あまりおおっぴらに宣伝できるような方法でもないのです。なにしろ少数派相手の商いです。一般人の理解など、はなから望みようもない——」

男はそんなふうに、じっくりと客を説得していったが、じつのところ、そのような気遣いは無用だったのである。長島は男のまどろっこしい話を、途中でさえぎった。それから、みじんの動揺を見せることもなく、商談の続行を希望した。

潰《つい》えかけた己が命をつなぐためとあれば、貧民の子供をひとり犠牲にするくらい、どうということはなかった。手段は目の前にあるのだ。それを試すことに何の躊躇があるだろう。あたりまえの禁忌《きんき》など、長島にはずっと以前から存在していなかった。わざわざ、これは良くないことだと念押しされるまでもない。

　長島の返事を聞いて、男は愉快そうに笑った。

「やはり、私の見立てに間違いはなかった。あなたならきっと、そう言ってくださると思っていましたよ」

　男は上着の裾《すそ》を、さっとひるがえした。

「では、万事こちらで手配します。あなたがするのは、身ひとつで、代金だけを持って、私が指定する日、指定する場所に、必ずひとりで来ること。くれぐれも、他言は無用に願いますよ」

　もとより、公言できるような買い物ではない。男の念押しはこれもまた、無用の手数であった。

4

夜見坂《よみさか》は後ろ手で、そっと部屋の扉を閉めた。そのあとで、ちゃんと扉に鍵をかけなおして、もとどおりにしておいた。

屋敷のなかの個室には、ことごとく錠が下ろされていた。おかげで、鍵を開けては閉めることを何度繰り返したか——一階で、六度。さらに階段を上がって、やっと三室を見てまわったところだった。

調べた個室はいずれもがらんと空っぽの空間で、わずかに置かれた家具にも、床の上にも、厚く埃《ほこり》が積んでいた。長く使われていない部屋であることは明白だった。

ただし、一室、例外があった。一階の北西の角にあるひと部屋である。十畳ほどの広さの板張りの間に、きちんと支度された寝台と、椅子が一脚と小テーブルが置いてあった。これには埃が積もっていなかった。床も同様である。

新しい部屋に入るたびに、戸棚や引き出しのなかを調べてみたが、帳簿、手紙、名簿のたぐい、男の素性や目的を教えてくれる、どんな証拠も見つからなかった。生業《なりわい》を知る手がかりはおろか、趣味嗜好《しこう》を示すものも皆無。加えて、あいかわらずあたりまえの生活の匂いの感じられない部屋。

異様な雰囲気だった。

おかげで、彼がどういう人物なのか、さっぱり見当がつけられなかった。かの男を、欲と悪に凝《こ》り固まった犯罪者だと断定しようにも、手がかりが少なすぎるのである。

なんともしまりのない成り行きだった。しかし、彼はともかく人を買ったのだ。善良な人間とも言いがたい。

男が何を目論んでいるのかはわからなかったが、万事をひとりでとりしきっている様子なのも妙だった。計画的な犯罪には通常、複数の人間が関与しているものだからである。

ところが、彼が出かけてしまったあとの屋敷には、他に誰かがいるという感じもしなかった。しんと静まり返って、物音ひとつしない。外から響いてくる波の音が、ここで聞こえる、最も大きな音だった。

当然、見張りもいない。いくら鍵をかけて、部屋に閉じ込めてあるとはいえ、買った人間を厳重に縛っておくこともしないでさっそくどこかに出かけていくなんて、ずいぶん雑な仕事ぶりである。おかげで、こうしてゆっくりと屋敷内を探索できるのだが、犯罪者にしては、どこか呑気《のんき》な感じのする男だった。

そんなことを考えながら、たいした手がかりも得られないまま、夜見坂は最後の扉の前に立った。屋敷を遠目に見たとき、ただ一カ所、明かりのもれていた窓のあたり、東南の角部屋である。

まるい真鍮《しんちゅう》の取っ手に手をかけた。扉は開かず、重い抵抗だけが手のひらに残った。

やはり鍵がかけられていた。

鍵を外して、そっと扉を押し開けた。誰もいない。が、そこには、それまで見てきたどの部屋にもなかった明るさがあった。月や星のとは違う——人工照明の光である。

華奢《きやしや》な造りのスタンドが、室内をひっそりと照らしていた。細くのびた金属のつるに、花の形を模した、すり硝子《ガラス》のかさが四つ並んでいる。象牙《ぞうげ》色の花弁が、電球が作る橙《だいだい》色の光を抱いていた。

室内をじゅうぶんに明るくするには、ささやかすぎる光源だった。払いきれない夜の闇が、部屋の四隅にひっそりとわだかまっている。がらんどうの部屋を囲む壁の二面に、さらに扉が向かい合わせになっていた。続き部屋があるらしい。

不意に水の滴《したた》る音がして、夜見坂は音のしたほうを振り返った。水音は、左側の扉の向こうから聞こえたようだった。

夜見坂は足音をしのばせて、扉に近づいた。鍵はかかっていなかった。細く開けた扉の隙間《すきま》から、なかをのぞき込んだ。

真っ先に目についたのは、かがやくような床の白さだった。天窓から落ちた月の光に洗われて、青白い光沢を帯びた石板は、まるで昨日できあがったばかりのように真新しく見えた。

よく年月に耐える、大理石を敷き詰めてある。屋敷全体の古びようにそぐわない床の清潔さは、かえってあたりに寒々とした印象を与えていた。

浴室らしかった。室内を満たす湿った薄闇が、そこに置かれたすべてのものの輪郭《りんかく》を、ぼんやりとあいまいにしていた。

夜見坂はさらに歩を進め、置いてある品物のひとつひとつを注意深くあらためはじめた。

入り口付近に打ち捨ててあったのは、一抱えほどもある、大きな編み籠《かご》だった。それから、白布をかけた作業台。その足もとに、琺瑯《ほうろう》引きの屑《くず》入れ。ブリキのバケツ。奥の壁際に、半ばまで水の張られた、古びた浴槽が据《す》えてあった。

はたしてくだんの水音は、その浴槽がたてたものらしかった。張られた水のおもてに、給水管の口にぶらさがっていたしずくがまた落ちて、ぴちゃんと音をたてた。

浴室の真ん中で、場違いに幅をきかせている作業台の向こう側に回って、壁に作りつけになっている戸棚を開けた。棚に並んだいくつかの小物も、いちいち手に取って検分した。革の鞘《さや》がついた出刃包丁、褐色《かっしょく》の硝子瓶、晒《さら》し木綿の束、それから、ふたつの金属製のケース。そのうちのひとつ、細長いほうには、医者が使うような華奢な刃物が入っていた。ケースから取り出して、出来を確かめた。それを棚に戻してから、今度はさっきのよりは幅広で、底の深いケースを開けた。

箱のなかで、油紙が、かさりと音を立てた。

「梓《あずさ》さん?」

いきなり声をかけられて、夜見坂は手のなかの金属ケースを、危うく取り落としそうになった。背後を振り返るより早く、人の足音とは違う気配が、すっと近づいてきた。

声のあるじは車椅子を操って、ためらうこともなく、浴室に入ってきた。車が回転するたびに車軸がぎしぎしと音をたてる。さっき声をかけられるまで、この音に気づかなかったのが不思議だった。

開いた扉の隙間からもれる弱い光を背にして、はじめのうち、暗く陰っていた人物の顔つきが、次第にあきらかになった。

車椅子にかけていたのは、小柄な老女だった。きっちりとひとつに編んだ白髪の束を、着物の肩に垂らしている。

彼女は振り返った夜見坂を見て、少しだけ驚いたようなそぶりを見せた。思惑に反して、そこにいたのが『梓』なる人物ではなかったからだろう。どうやらそれが、あの男の名前らしかった。

「ええと……こんばんは」

対応に困って、とにかくあいさつをした夜見坂を、老女はじっと見つめた。

人違いに気づいても、ほとんど動じていないように見えた。無断で部屋を物色している見知らぬ人間を前にして、怖がりもせず、悲鳴もあげず、少し細めた目で、一心に夜見坂の顔を眺めている。

ずいぶん長い間、そうしていた。まるでそこに、めったにない何かを見ている人がするように。

「あなたは何だか……ふつうの人とは違うのね」

ずいぶんたってから、老女はやっと声を出した。うたた寝から覚めたばかりの人のような、ひどくぼんやりとした言いようだった。

ぽかんとしている夜見坂に、老女は気を取り直したように、ふふ、と笑いかけた。

「いらっしゃいな。そこにいる、風変わりなお連れも一緒に」

夜見坂はまばたきをした。

「あなたには、こいつが見えるんですか」

車椅子を操る老女に従って歩きながら夜見坂が訊《き》いた。

「ええ。ずいぶん力の強い妖霊を従えているのね。三毛猫の形をした——あら、背中の斑《ぶち》が蝶《ちょう》みたいなのね。その子はあなたのお守り役かしら。まあまあ、頼もしいこと。おまえのような従者がついていれば、ご主人も安心ね」

老女は、薄明かりのなかで愉快そうに笑った。

「だけど、勝手に出歩くのはそろそろおしまいにして、もといたところに戻りなさい。梓さんに見つかったら、こっぴどく叱《しか》られるわよ?」

彼女の忠告はしかし、遅きに失したようであった。

かすかな物音に夜見坂を振り返った老女が、あら、という顔つきをした。夜見坂が彼女の視線をたどろうとした、まさにそのとき——。

とん、と痺《しび》れるような衝撃が、首から背を貫いた。目の前に、すとんと暗幕がおちてくる。夜見坂はあっけなく気を失った。

つんとした刺激に鼻の奥を突かれて、夜見坂は意識を取り戻した。

気つけ薬の臭いにのどをひりひりと痛ませながら見まわした景色は、最初にいた小部屋のものに違いなかった。

気を失っている間に、あっさり連れ戻されてしまったらしい。

これが『冒険すごろく』なら、さしずめ『虜《とりこ》になって、ふり出しに戻る』といったところである。ただ、最初と違っているのは、今回は両手と両足を、細紐でしっかりと縛りあげられていることだった。ここにきて、屋敷の主人はようやく犯罪の基本を思い出したらしく、急に用心深くなった。とはいえ、今度は少しやりすぎだった。

後ろ手に縛られた手首と足首に、紐が食い込んでとても痛い。非常に不快である。

常人の目には見えざるお守り役――三毛猫型の妖怪、コチョウは、部屋の隅でまるくなっていた。間抜けな主人を放ったらかしにして、気楽にくつろいでいるように見えるが、元来、職務に忠実な『式』である。それでいて、怠《なま》けているわけではないのだ。本格的な危機に陥《おちい》らない限りは手出し無用という夜見坂の言いつけにきちんと従って、見守り役に徹しているまでである。

式というのは、まじない使いが使役する妖霊の一種で、外見も能力も一様ではない。まじないの技術同様、使い手の技量に応じて、そのありようは様々である。夜見坂が平《へい》蔵《ぞう》から譲り受けた式は、猫の形をした二匹だった。ひとくちに式といっても、ちゃんと個性があるらしく、各々、いくらか性分が違っていた。

ちょうど『納豆公爵《なっとうこうしゃく》』の配下、醬田油三郎《しょうだゆさぶろう》と辛子葱之進《からしねぎのしん》のように。

たとえば、コチョウは醬田油三郎に近いタイプだった。油三郎は、呑気な外見をしているが、そのじつ、恐るべき実力を備えた剣豪である。ひとたび主人が窮地《きゅうち》に陥れば、鬼神のような働きぶりで彼の身を守る武闘派だった。

しかし、コチョウは人間とは違う。猫の姿形が性質にも大いに反映されているらしく、犯罪者に縛りあげられた主人を目の前にしていても、平気の平左《へいざ》、余裕の落ち着きぶりだった。状況と、与えられた命令を正確にはかって、余計なことは一切しない。すなわち、コチョウが動くのは、ほんとうに必要があるときだけなのである。

「行儀が悪いぞ。ここでおとなしく待っているようにと言ってあったはずだ」

三毛猫の形をした剣豪が後ろから監視の目を光らせているとも知らず、男は訓導口調で夜見坂を叱りつけた。ほんとうに、車椅子の老女が言ったとおりになった。

「もしかして、さっきの人が、おれの主人になる人でしょうか？　女の人だなんて思わなかったから、おれ、ちょっとびっくりしました」

何食わぬ顔で訊《たず》ねた夜見坂を見下ろす男の顔に、あきれたような、怪しむような、複雑な表情が浮かんだ。勝手に部屋を抜け出したことについて、謝るでも言い訳をするでもなく、といって怯《おび》えるそぶりもなく、気安い口調で話しかけてきた夜見坂を、男は薄気味悪く思ったらしかった。

しかし、男はじきに気を取り直した。急に砕けた口調になって、訊き返した。

「仕えることになる主人が、女か男かってことが、それほど重要かね」

「それはそうです。お屋敷奉公は初めてだし、その上、ご主人が女の人っていうんじゃ、まるで勝手がわかりませんもの。先に言っておいてくだされば、それなりに心づもりもできたのに」

「屋敷奉公？」

男が笑った。

「ちょっとの間目を離しただけで、ことわりもなくあちこちの鍵を破って、こそこそ嗅ぎまわるようなガキのくせをして、空とぼけはよしたがいい。

奉公人云々《うんぬん》がただの口実だってことくらい、とっくに承知しているんだろう？」

男は、寝台のかたわらに置いてあった椅子に、どさりと腰かけた。

「なに、子売りなんぞ、べつにめずらしいことでもなかろうよ。むかしっから親は子を、地主は小作人を、国は国民を金に換えてやってきた。『監督者《かんとく》』には、そういう権利があることになっている。

おまえの兄貴は何もかも納得ずくで、俺におまえを売ったんだ。売り物買い物である以上、おまえは頭から足の先まですっかり俺の『所有物』だ。つまり、生かそうが殺そうが俺の勝手というわけだ。おまえはここで、使用人としての働きを要求されているわけじゃない。俺がおまえに望んでいるのは、その種の仕事じゃないんだよ」

「じゃあ、おれは何のために買われたんでしょう」

夜見坂は一応、心細げな声音《こわね》を作りながら訊いた。

「知りたいか？」

「もちろんです」

「なら、教えてやる。訊きたいことがあるんなら、何にでも答えてやろう。ただし、ひと眠りしたあとでだ。

その間に、俺はひと仕事済ませにゃならん。話はそれからだ。あいにく、今夜は忙しくてな。ゆっくりおまえの相手をしている暇がない」

言いながら、男は立ち上がって、寝台の上に転がっている夜見坂の上に屈みこんだ。まずは両手を縛った紐だけを解いて、寝台の脇に置かれた小机の上を目顔で示した。小机の上にはコップ一杯の水と、何やら薬包のようなものが載っていた。どうやら、夜見坂に期待されている最初の『仕事』は、その薬を飲むことであるらしかった。

　夜見坂が命じられるままに、包みから取り出した丸薬を飲みこむと、男は、今度は足の縛《いまし》めを解いた。逃げ出す気遣いがなくなれば、楽にしておいてやろうということらしい。

「旦那さんは、いい人ですね」

　夜見坂はおとなしく男のすることに従いながら言った。

　男がまた、けげん顔になった。その唇が、すぐに皮肉っぽい薄笑いの形にゆがめられた。

「その言いぐさは、さすがに場違いにすぎるってものだぜ。おまえ、ガキのくせに、たいしたはったり屋じゃないか。何をたくらんでる？　あの兄貴に、人たらしの方法を仕込まれたか。

　見たとこ、ずいぶん上品そうな面をしていたが、あれで、自分の弟を俺みたいに怪しい人間に売っ払っちまうんだからな。たいした玉だよ。あの外見じゃ、たいがいの人間が、善人だと騙《だま》されるだろうぜ。おまえの兄貴、ああ見えて相当な悪事を働いてきた男だとみたが、どうだ？」

「兄さんは、そんな人じゃありませんよ」

「へえ、そうかね」

頭から信じるつもりのない顔つきで男は答えた。

夜見坂は口をとがらせた。

「ほんとうなのに。旦那さんも、そう悪人ぶることはないんだ」

「俺が、何だって？　今夜会ったばかりのおまえに俺の何がわかるっていうのか、訊いてみたいものだね。とんだお笑いぐさだ」

じっさいに、小馬鹿にしたように男は笑った。

「そりゃ、何もかもわかるってわけじゃありませんけど……それでも、少しは。たとえば、旦那さんの職業です。じつはさっき、お屋敷のなかを見させてもらったので、旦那さんの事情にはちょっとばかり近づけたつもりでいるんです。

最初、お目にかかったときは、何をされている方なのか、ぜんぜんわかりませんでした。貴族様のようには見えないし、といって、ディレッタント生活を満喫しているお金持ちの子弟というのでもなさそうだし。職業に至っては見当もつきませんでしたけど——じつはここで『興行』をされていたんですね。浴室にあったいろんなものは、そのための道具でしょう？」

「あれを見たのか」

男の顔つきが、ひととき険悪になった。

「ええと、他意はありません。ただ、ちょっと気になったので、つい――」

「家探ししたってわけか」

男は心底うんざりした様子で、ため息をついた。

「はい。残念ながら、わかったことはそれだけでしたけど……」

「そりゃそうだ。何もかもわかられちゃあ、やりにくくてかなわないからな。

しかし、驚いたね。おまえ、ほんとうにただの子供というわけじゃなさそうだな。まさかその齢《とし》で、公安部の回し者というわけでもなかろうが……子供の諜者《ちょうじゃ》がいるなんて話はさすがに聞いたこともないしな。

とすると、窃盗《せっとう》団ででも仕事をしていたのか。もっとも、どこにいたにせよ、この先、おまえがそこに戻ることはもうないんだから、どうでもいいことだがな。

ともあれ、こいつは拾いものだったかもしれないぞ。おまえみたいに変なのは、案外といい働きをするものだからな」

「お役に立てればいいんですけど」

「ふん、そのつもりだがね。俺は、買った子供には、ひとり残らず役に立ってもらうことにしている」

「そうすると、旦那さんが人を買ったのは、おれが初めてってわけじゃないんですね。その人たち、この屋敷にはいないみたいだけど――子供をそんなにたくさん買って、どうなさるつもりなんですか？」

「おまえ、ちょっとばかり利口なようだが、さすがにこれは、見当もつくまいよ。買った子供にはな――」

「子供には？」

夜見坂は、ぐいと肩を乗り出した。話の成り行きを早く、とせがむ子供のような、意欲、関心、態度、どれも申し分なしの聞き手ぶりだった。男は苦笑いしながら言った。

「……いずれ、人類の明るい未来を実現するための、礎《いしずえ》となってもらうのさ」

夜見坂はがっかり顔になった。

「なんだか、ずいぶん抽象的なんだ。革命家みたいなことおっしゃるんだな」

「革命家？　なるほど、確かに革命活動と、見かけは似ていなくもないな。現状に対する叛逆《はんぎやく》という意味ではな。だが革命、ってのとはだいぶ違うな。むしろ、真逆だといっていい」

「旦那さんは、主義者ではないということですか？」

「主義者？　ああ、違うね。現体制にまったく満足していないという意味でなら、共感するところもなくはないが。

俺は、あんなふうに団結やら闘争やらいうやつには、かかわらないことにしているんだ。主義を掲げて集団で行動を起こすにあたっては、これまで散々痛い目をみせられてきたからな。つまりは、かつて青二才だった俺も、いいかげん、知恵をつけたってわけだ」

「団結と闘争――不当に対して、怒ることはいけないことでしょうか？」

「いけなくはないさ。理不尽な扱いに腹を立てるのは、人としてじつに真っ当な反応だ。人間たるもの、ぜひにもそうあるべきだ。公平さは、多くの人間がその本性において等しく好むところだしな。年端《としは》のいかない子供だって、もらいに差をつけられれば、となりの子供に嫉妬《しっと》する。公平な分配は、社会の幸福の基礎をなす価値だといっていい」

「だったら、どしどし闘争すべきじゃないでしょうか」

「それはどうだろうな。革命ってものが、大方途中で様子がおかしくなって、幻滅のうちに終わるのは結局、あまりうまくない手だってことの証明なんだろうよ。

だいたいが、間違いなんだろうな。暴力の親玉に、同じ暴力で立ち向かおうっていうのが。結局、両者はその考え方においてほとんど変わりがないから、ただの喧嘩《けんか》で終わってしまう」

「だけど、圧政に対抗する方法が、他にないから皆さん、非力ながらも腕力に訴えようとするんじゃないでしょうか」

「そうかね。しかし、考えてみな。ある場所で圧倒的な力量を誇っている相手に、それ以下の力をもって太刀打ちできると思うかい？　とにかく土俵を違《たが》えない限り、勝ち目はないんじゃないかな。癪《しゃく》な話には違いないがね」

「なら、同等の暴力を用意できれば、問題は解決するでしょうか」

「そりゃまあ、可能性はなきにしもあらずだが。しかし、それきりまるく収まった例を、少なくとも俺は知らないな。切り落とした怪物の首を、別の怪物に挿《す》げ替えても、やっぱりそれは怪物なんじゃないのかね」

「主義者は怪物ですか」

「あるいは、人間そのものが」

男が真顔で応じたとき、夜見坂はひそかに息をのんだ。

男の目は、底なしの淵《ふち》のようだった。ずいぶんたくさんのものを見てきた人間の、深淵《しんえん》。

夜見坂の表情の変化に気づいたのか、男は場を繕《つくろ》うように咳《せき》払いをした。

「つまりは、各々の動機にむらがあるような粗製の集団が、旧来のやり方で既成の組織にぶつかったところで、返り討ちにあうのがおちってことだな。

社会的弱者の権利を恢復《かいふく》し、生活の安定をはかる——新勢力は、まずは庶民をうっとりさせる公約を掲げるのが通り相場だがね、なにしろ、政権奪取のとっかかりには、どうしたって多数派の支持が必要だからな。

　しかし、どんなご立派な主義を標榜《ひょうぼう》していても、活動家ってものは案外、同じ決着点を目指していないものだぜ。経験から言わせてもらえば、よし、旧体制の打倒に成功しても、最終的に権力の総取りをするのは、新組織のなかでも最悪の部類に属する人間だ。間違いなくな。なぜだと思う？

　組織で登りつめるのは、それがどういう場所であれ、組織の頂点に立つこと、それのみを目標にして活動しているような輩《やから》だからさ。結局、そういう人間にとっては思想なんぞ、人を操るための、ただの道具にすぎんのだろうよ。

　そういう手合いは、恐ろしいぜ。なにしろ手段を択《えら》ばない。殺しだって、闇討ちだって、裏切りだって、ためらいもなくやってのける。

　おそらくは、文明の発祥以来、王と呼ばれた人間が、飽かず繰り返してきたやり方だ。どこの国が、というのではなくてな、俺は長いこと、世界中のいたるところで、個人の幸福のみを追求する為政者を見てきた。やつらがちゃんと『食わせてやる』のは、自分に刃向かう可能性のある実力者と、自分を守るための暴力組織だけだ。税を納める、大方の人間が受け取るのは、ありがたくもない、恐怖による支配ってところだな。

　飢《う》えや雨風からちゃんと成員を守る――国民の家としてきちんと機能している国家とい

うものを、俺はまだ見たことがない。どうしたらそういうものを手に入れられるのかもわからん。
　しかし、その方法が革命でないということだけは、確かだな。なるべく人が死なないや
り方がいい。流血の時代っていうのはぞっとしないもんだ。避けて通れるものなら、ぜひ
にもそうすべきだ。とにかく、闘争はよくない。ほんとうにそう思う。だから俺は原則、
暴力を手段にしないことにしているんだ。ま、昨今、はやらない考えだというのは百も承
知だが、これぞ美意識ってやつだ」
「ふうん、そうなんですか。ところで、旦那さんは、ずいぶん、いろんなことにお詳しい
んですね。むかしのことにも、外国のことにも、革命家のことにも」
「そりゃあ、生きてる時間――年季が違うからな」
　男が笑った。
「こう見えて、俺はずいぶん長い間、あちこちを旅してきた身の上でね。否応なしに、い
ろんな人間とかかわってきたし、ろくでもないいざこざにも散々巻き込まれてきた」
「どうして、旅を？　お仕事ですか」
　徐々にさしてきた眠気に抗うようにまばたきしながら、夜見坂が訊いた。
「ちょっとした、探し物をしていたんだ。こう言ってしまうとありきたりな理由だが、探

していたものばかりは、ありきたりじゃなくてね。だもんで、ずいぶん骨を折ったんだが、あいにく、そのとき望んだものは、いまだに見つけられていない。だが、そのかわり――」

そこまで話したところで、男はふいと口をつぐんだ。すとんと眠りに落ちた様子の夜見坂をしばらくじっと眺めていたが、やがて目を伏せて、大儀そうに立ち上がった。

少年は早くも規則正しい寝息をたてはじめていた。その安楽そうな寝顔に、男はかすかに笑いかけた。

「――そのかわり、思いもかけず、いい拾いものをしたんだぜ」

自動車で通ったときには少しも意識していなかったが、ずいぶん難儀な道のりだった。いくら足を急がせても山道ばかりが続き、一向に視界が開けない。

峠道にさしかかっていた。

道の両側に森があるというよりは、森のなかに頼りない道がついているという感じである。こんもりと葉を繁らせた木々の枝が道の上に覆いかぶさって、ただでさえ暗い通路をさらに暗くしていた。月明かりがさえぎられるのである。おかげで、見通しがきくのはほんの少し先までである。

木間からこぼれたわずかな月の光が、暗い道の所々に点々と落ちていた。青い石のように見える、そのささやかな目じるしを頼りにして、千尋《ちひろ》は黙々と歩を進めていた。

始終、気ばかりが急《せ》いていた。とにかく最寄りの役所に問い合わせて、屋敷の所有者について調べてみるつもりだった。屋敷のあるじや住人ついて、せめて姓名素性を知っておけば、いくらか安心もできようというものである。子供を買った事情についても、何かわかるかもしれない。めったな人間でもない限り、いくら金で買い取った子供にとはいえ、無体な狼藉《ろうぜき》をはたらいたりはするまい。

そんなことを、自分に言い聞かせるようにして考えながら、千尋は別れ際の、夜見坂の平気そうな顔を思い出していた。

そのうちに、だんだん腹が立ってきた。夜見坂はいつもどおりの呑気な調子で、大丈夫だと請け合ったが、どうしても、その言葉を鵜呑《うの》みにする気にはなれなかった。

夜見坂がふつうの子供よりずいぶん賢いのは認める。が、何といってもまだ、未成年なのだ。それでなくても、どんな不測の災難に巻き込まれないとも限らないではないか。

知らず歩調が速まり、また息があがった。いよいよ、日頃から身体《からだ》を甘やかしてきた報いを受けていた。足になじまぬ山道は、とても歩きにくかった。思うように見通しがきかないのも、もどかしい。逸《はや》る気持ちに反してしかし、いまの千尋には、遅々とした移動を続けるしか方法がないのだった。

月夜の薄闇のなかで、目指す市街は絶望的に遠かった。自分の呼吸の音ばかりが、忌々《いまいま》しく耳につく。夜は不安をかきたてる。おかげで、悪い想像ばかりが働いた。運動のせいとも不安のせいともつかない動悸が、千尋の胸内を苦しくした。

いま、自分が街に向かっていることは、はたして正しい選択なのか。夜見坂はちゃんと無事でいるだろうか。人を買い取るにせよ、あの男がわざわざ、このような夜の深い時間を指定してきたのはなぜなのだろう。

脚が止まった。来た道を振り返った。道の端は、千尋の背後、ごく近いところで闇に溶けていた。近づく者を威圧するような、山の闇。

突然、いますぐにこの道を戻りたいという衝動に駆られた。

しかし、すんでのところで考え直した。戻ってどうなるというのか。相手が千尋の想像するとおりの犯罪者なのだとしたら、黙って夜見坂を返してくれるとは思えなかった。やはりあのとき、腕力に訴えてでも、夜見坂を止めるべきだった。

千尋は心配と後悔のあまり消沈してしまいそうになる意気を励まして、ふたたび歩きだした。不安に追い立てられるようにして、次第に足が速くなる。目指す行き先は、いつしか役所から、警察へと変わっていた。

でっちあげだろうと、言いがかりだろうと何でもいい。どうとでも訴えて、巡査を連れてあの家に踏み込んでやろうと思った。入り口のドアさえ開かせてしまえばこちらのものだ。強引に屋敷に押し入って、夜見坂が何と言おうと、無理にでも連れ戻せばいい。場合によっては――屋敷の人間の身分次第では、あとで多少面倒なことになるかもしれなかったが、そのときはそのときだ。


気味の悪い、やたらと大きな屋敷の前で、車が止まった。

車外に出たとたん、小さく聞こえていた波の音がにわかに大きくなった。粘りつくような湿り気を帯びた夜風が不快だった。

ほんの足もと近くに海が迫っているらしい。風が、濃い潮の匂いを運んできた。

案内されたのは、必要最低限の清潔が保たれただけの、殺風景な部屋だった。それでも、部屋で休めるのはありがたかった。長時間の移動からようやく解放された長島《ながしま》は、足もとをふらつかせながら、真っ先に目についた寝台に倒れ込んだ。鉛のように身体が重かった。激しい疲労感――加えて病のもたらす苦痛に、いまにも押しつぶされそうだった。

「少し、時間をいただきます」

素っ気なく言って、男はまた姿を消した。例によって、長島の承諾も得ずに。

あいかわらず、無礼な男だった。

埃っぽい室内の空気が不快だった。そのうちに、どうしようもない息苦しさを感じて、長島は不承不承、身体を起こした。

寝台から下りて、窓と鎧戸《よろいど》を少し開けた。流れ込んでくる潮の匂いがやはり鼻についたが、それでも閉め切った部屋にいるよりはましだった。

またすぐに寝台に引き返した。現金の詰まった鞄を抱えて横になった。身体にまとわりつく、汚泥のような不快感に顔をしかめながら、低いうめき声をもらした。そうしながら、長島は腕のなかにおさまった書類鞄のひんやりとした表面を、いつくしむような手つきでなでた。

――これは希望だ。いまさら、何にじゃまをさせるものか。俺はこれまで、自分の知恵と才覚で、どんな苦境も切り抜けてきた。今度も――必ず、うまくいく。

長島は眉間《みけん》に深いしわを刻みながら、目を閉じた。

姿を消した男は、長島を部屋に置き去りにしたきり、なかなか戻ってこなかった。待たされるのはじつに業腹《ごうはら》だった。ここ何年も、わずかな時間さえ浪費することのなかった長島である。それを、他人のために無駄にさせられていると思うと、それだけで腹が立った。長島の時間は千金に値《あたい》するのだ。にもかかわらず、自分をこんなふうに軽く扱う男が許せなかった。長島はわきあがってくる怒りをこらえるのに、ずいぶん苦労した。そこに身体の不調が加わって、横になっていても、まったくくつろげなかった。

――あの男、この期に及んでまだ俺を待たせる気か。

怒りと焦りに疲弊《ひへい》した神経が、いまにも限界を迎えるかと思われたとき、拳骨《げんこつ》が扉を打つ、大きな音が室内に響いた。長島は、はっとして目を開いた。

泥のかたまりのように重い身体を引き起こそうと格闘しているうちに、ドアが開いて、男が部屋に入ってきた。依然、不遜《ふそん》な態度だった。

身なりがいくぶん、変化していた。帽子をとり、シャツとズボンの上から、長袖《そで》の上っ張りを着こんでいる。膝《ひざ》丈の、後ろ開きの白衣だ。

しかし、変わったところはそれだけだった。持ち物もなく、体側に垂らされた両方の手の内も空っぽである。長島は不審に顔をしかめた。

「品物は?」

「もちろん、ちゃんと用意してあります。ただ、さきほど、肝心なことを確かめておくのを失念していました。まず、金をあらためさせていただきたい」

臆面《おくめん》もなく言った。

長島は書類鞄を持ち上げると、テーブルの上に寝かせて置いた。四桁《けた》の番号を合わせたあと、二カ所ある留め金を指で弾《はじ》いて、鞄を開けた。あらわれたのは、たったいま刷り上がったばかりのように色鮮やかな、紙幣のかたまりだった。

「ここで頂戴しても、かまいませんか？」

気安く訊ねた男に、長島は首を振った。

「いや、これを渡すのは買い物を済ませてからだ」

長島の答えに男は別段がっかりするでもなく、薄笑いで応じた。

「お好きに」

男はいったん部屋を出て、通路に用意してあったらしい品物を、部屋のなかに持って入ってきた。金属製の、作業台である。脚に車輪がついていて、移動ができるようになっている。台は、二段式になっていた。大皿に盛った料理をいくつも載せて給仕ができそうな、頑丈なつくりの台車である。上段には白布がかけられ、下段にはこまごまとした道具類が詰め込まれていた。車の振動を受けて、下段に載っている水差しやグラスが、かちゃかちゃと音をたてた。

じっさい、男の手際は、手慣れた給仕そのものだった。折り畳んだ真っ白なクロスをさっと広げてテーブルにかける。その中央に白い皿。両側にナイフとフォーク、その奥にグラス、手前にナプキン。一点の曇《くも》りも染みも見当たらないクロスと器具とを並べたテーブルに長島をつかせると、男はひとまず、給仕台の脇へと引き下がった。

「さあ、ごらんください。お待ちかねの『人魚』です」

上段の白布が、さっと取り払われた。とたんに、その下に隠されていたものがむきだしになった。

目の前にあらわにされた裸の上半身を見て、長島は目を細めた。

驚きはなかった。白布の下にあるものが何なのか、あらかじめ知っていたからである。死体ではなく、生きた人間の子供。病んだ長島の肉体に新たな生気を吹き込んでくれる、新鮮な薬種。貴重な『薬』は台車の上でかすかに胸を上下させながら、すこやかに息づいていた。

子供への同情はなかった。生に強い執着を持つ長島にとって、それは人ではなく、手段以外の何ものでもなかったからである。

「どうです。すばらしいでしょう。健康がかがやくようだ」

男は男で、自分の行為に少しの後ろ暗さも感じていない様子だった。ほがらかな声で長島に話しかけた。やはり愛想よく料理を勧める、給仕さながらの態度である。

実際に『料理』をサービスする段になっても、男のふるまいは、堂に入ったものだった。まずはさっと料理を清めて、華奢な刃物を取り出した。それをきらりと一閃《いっせん》させて――

ぐさりと『人魚』の腹に突き立てようとした、そのときである。

突如、耳をろうするような大音響が、室内にとどろいた。

硝子の破れる音。次いで、木の床が砕ける音。驚いた長島が椅子から転がり落ちる音。テーブルが倒れて、銀器が散らばり、グラスや皿が割れる音。混乱のなかで、給仕台の上の少年だけが、石像のように平静だった。

思いがけない騒動に、手にしていた刃物を取り落とした男は、砲弾さながらの勢いで窓を破って飛び込んできた第二の岩石を避けて、さらに後方に退《しりぞ》いた。ときを置かず、残った硝子と窓枠を叩き割って、虎のように頑丈そうな男が乗り込んできた。

夜見坂静《しずか》であった。

「やめろ、何をする！　あっ、いたたたた」

わめき散らす長島を片膝の下に押さえ込み、手際よく手錠で拘束《こうそく》しながら、静は人買いに銃口を向けた。

「おっと、そっちも動くなよ」

しかし、とっさに静の身元を刑事だと判断した男の反応は早かった。静に言葉を継ぐ間も与えず、虚空《こくう》に片手をひるがえした。

静の視界を、さっと白布が覆った。同時に突っ込んできた台車に危うく横腹をえぐられそうになりながら、静はすんでのところで壁際に引き下がった。そうしながら、身体にへばりついた白布をふり払い、床に叩きつけた。顔を上げると、男の姿はすでにない。

「くそっ、目当ては金じゃねえのかよ」

舌打ちしながら、静は部屋を飛び出した。

目の端に入った寝台の上に、金はそっくり置き去りにされていた。

男は夜見坂を肩に担いだまま、魔人のような速さで通路を突っ切った。階段を駆け上がり突き当たりの部屋に駆け込むと、すぐに扉に鍵をかけた。

「しくじった、逃げるぞ！」

男が声を張り上げるまでもなく、老女は小さな風呂敷包みひとつに荷物をまとめて、そこで待っていた。彼は、片手にすくい上げるようにして彼女を空いたほうの肩に担ぎ上げると、掃き出し窓を蹴破った。

静は追ってきた勢いのままに、ドアに体当たりをしはじめた。二度、三度、肩をぶつけるたびに、壁とドアとの境目が広がって、壁の漆喰《しっくい》がぼろぼろと剝《は》がれていった。四度目で蝶番《ちょうつがい》が弾け飛び、ドアが傾いた。

そのときにはもう、男は崖の下にいた。

夜見坂ともうひとり、都合ふたりを両肩に担いだ格好で、男は危うい足場を身軽に下りていく。その脚力もさることながら、人をふたりも担いでいるにもかかわらずの、異常な怪力ぶりである。農村や港町などで見かける、重たい荷物を担ぐコツをよく心得た人間のやり方だった。若いに似合わず、男は自分の身体の扱いに精通しているらしかった。

加えて、夜の暗さをものともしない足取りの確かさ——こちらは、あらかじめ不測の事態に備えて逃走経路を準備していたために違いなく、ありがたくもない男の周到さに、静はぎりぎりと歯ぎしりをした。

男は海に向かって、最後の斜面をひと息に駆け下った。

黒い海水が打ち寄せる、小さな桟橋に、発動機つきの小船が待っていた。まずは担いできたふたりをそこに放り込むと、すぐに自分も飛び乗った。

艫綱《ともづな》を解く間にも、追手がこれまた人間離れした速さで、どんどん近づいてくる。吠えるような制止の声が、夜の湿った空気を震わせた。

しかし、待てと言われて待つ犯罪者はいない。静の要求は当然のごとく無視されて、小船は軽快なエンジン音を響かせながら、すみやかに桟橋を離脱した。

颯爽《さっそう》と水を切り、白い航跡を曳《ひ》いて、小船は悠々と陸から遠ざかっていった。

遠い海上を、水に映《は》えた月の光が追ってくる。風が吹き、さざ波が立つと、水に落ちた月の破片《はへん》が波の間に浮き沈みしているように見えた。

「いやはや、よりによって刑事に仕事場を嗅ぎ当てられるとはな。俺もとうとう焼きが回ったかね」

誰にともなくつぶやきながら、男はズボンのポケットから取り出した煙草を吸いつけた。吹きつける風のなかに、苦い煙がちぎれて、溶けていく。

男はしばらくうまそうに煙草をふかしていたが、ふと煙草を口から離した。その顔をちょっとうつむけてから、背中越しに話しかけた。

いましも老女が風呂敷包みから取り出したシャツを着こんでいる夜見坂に向かって。

「……ひょっとして、おまえか？　あんな物騒な男を屋敷に引き込んだのは」

「いいえ、そういうわけじゃありません。結果的に、それっぽくなってしまいましたけど」

「おまえ、警察が仕立てた囮《おとり》だったのか」

「ちがいます」

「じゃ、何なんだ」

わけのわからない受け答えをする夜見坂に、男はやれやれと首筋をさすりながら向き直った。

「平気な顔しやがって。おまえ、あの薬を飲まなかったな」

「はい」

　男はため息をついた。

「いったい誰の差し金だ？　ひょっとして、客の遺族に雇われた探偵か。ぜんぜんそうは見えないが」

「いいえ、あなたのお客とは何の関係もありません。いまおれ、個人的な旅行中なんです。ちょっと変わった趣向をつけ加えた」

「変わった趣向？」

　ますます胡散《うさん》臭いものを見るような目つきになった男に、夜見坂は元気よく答えた。

「遠出ついでに、人を食い物にする悪者のしっぽをつかまえて、ひっくくってやろうかな、なんていう、趣味と実益を兼ねた趣向です。弱きを助け、悪しきをくじく――つまり何ていうか……納豆公爵ごっこです」

「納豆公爵だと？」

　夜見坂の言うことが少しものみこめない男は、かわりに小石でものみこんだような顔をした。

「だけど、おれが想像していたのとは違って、あなたは、ありふれた犯罪者ってわけじゃなさそうです。なんだか妙な具合だな」

「妙かね」

「妙です。人を買っても、他に売る気がないみたいなんだもの」

「売る気は大ありだぜ？　現に、おまえの生き肝――命を、因業《いんごう》じじいに売ろうとした」

「でもあれ、手品でしょう？」

男は目を細めた。指先でつまんだ煙草の灰が、さらさらと風に流れた。

「……何で知ってる」

「だって、おれの肝を取るつもりなら、他の何かの肝を用意しておく必要なんてありませんもの。

浴室に、油紙に包んで置いてあったの、あれをお客に食べさせるつもりだったんでしょう？　一緒に置いてあった刃物もなまくら……っていうか、玩具でしたね。押すと刃が引っ込む。あれじゃあ、腑《ふ》分けは無理です」

男は苦笑した。

「ああそうか、そこまで見たのか。いかにも、あれは鶏《にわとり》の生き肝だ。あそこでしめて、取り出したばかりの――なるほど、手品のタネには違いない。

しかし、おまえ。異常に寝たふりがうまかったな。おかげで俺はすっかり騙されたが、腹の上を血まみれにされて、ごちゃごちゃいじられても、さて、はたして辛抱できたかな」

「さあ、どうでしょう。くすぐったくて笑いだしちゃったかもしれないな。そしたら、あのお客、どんな顔をしただろう」

「おまえが笑いださなくてよかったよ」

「怒らないんですか。おれはあなたの計画を台無しにしたのに」

「べつに、台無しになってはいないさ」

「だって、お金を持ってきていませんよ」

「金？　金が欲しけりゃ、これからおまえを別の人買いに叩き売ればいい」

「だけど、たった数百円にしかならないんじゃ、話にならないでしょう？　あの客を屋敷に招待するまでにかかった手間と時間、当の屋敷やこの船だって――いろんな小道具を用意するのにかかった費用だけでも、相当な金額になるはずです。おれの身代金だって、しっかり払っているわけですし。

とり逃した獲物は大きかったな。あの書類鞄のなかには十万円、入っていたんでしょう？　持ち出せなかったのは、痛恨の失敗です」

男の目つきが鋭くなった。

「はて、おまえに生き肝の値を明かした覚えはないんだが」

「きっと、どこかで小耳に挟んだんだな。気にしないでください」

「まあ、いいさ。確かにな、金を取り損ねたのは痛かった」

ふたたび煙草を吸いつけた男の口から、煙が細くたなびいた。

「それはさておき、おまえは、いまの自分の立場がわかっているのかね。他人の懐《ふところ》具合の心配をしている場合じゃないんじゃないか。おまえを連れ歩いて足がついちゃかなわねえってんで、いますぐ海に叩き込まれるかもしれないんだぜ」

「それはないと思います」

夜見坂は自信満々に答えた。

「ここでおれを殺すくらいなら、はじめから屋敷に置いてくればよかったんだ。わざわざ連れてくる必要なんかなかったんです。でもあなたはそうした。どうしてですか？　あなたがあたりまえの犯罪者なら、おれなんかより、十万円のほうによほど価値をおくはずですけれど」

「おまえ、いったい何なんだ。ほんとに気味の悪いガキだな。しかしまあ、そのとおりだ。ありていに言って、おまえを殺すつもりも、売るつもりもない」

「だったら、どうするんです？」

不思議そうに訊ねた夜見坂に、男は急に口ごもりながら言った。

「うん、ひとつおまえを、しあわせにしてやろうと思っている」

夜見坂は、ぽかんとした顔になって、男を見た。

「おれを、しあわせに？」

「まあ、そうだ」

少し照れくさそうに応じた男に、夜見坂は真顔で訊き返した。

「それ、プロポーズでしょうか？」


もとはといえば、静の余計な世間話がきっかけだった。

自分の弟を他人に売り飛ばそうとしている男が、庁舎に留置されているのだ、という話をしたところまではよかった。やりそこなったのは、夜見坂の前で、白波《しらなみ》海岸という地名を出してしまったことだった。痛恨のしくじりである。

男は弟を『屋敷奉公に出す』にあたって、どうしても明後日に、白波海岸に行かなければならないのだとわめき散らしていたのだが、考えなしにも、静はうっかりそのことを夜見坂に話してしまったのである。

どうやら、問題の屋敷は白波海岸のどこかにあって、男はその日の夜に、弟をそこに連れていく約束をしているらしいのだった。

もっとも、約束を実行することは、その時点ですでに不可能になっていた。債権者からの正式な訴えがあって警察沙汰《ざた》になっているのだから、用事があるからといって、好き勝手に留置所を出ていくわけにはいかないのである。取り引きに出向くことができないのだから、不届きな約束は自動的に反故《ほご》にされるはずである。しかし、だからといって、先方にいちいちその旨を連絡してやる義理もなく、買い手は、待ちぼうけをくらわされるはめになるはずだった。

あのとき、夜見坂の瞳が不穏にかがやいたことに、もっと注意を払うべきだったのだ。何の気なしに静が口にした地名は、夜見坂にろくでもないことを思いつかせ、とんでもないことを計画させた。

あろうことか、夜見坂は、自分が男の弟のかわりに屋敷に行くと言い出したのである。

「……それで、子供を買った屋敷の主人がどういう人間で、どんな悪事をはたらいているのか、ちょっと調べてみようと思うんです。もし、彼がとんでもない悪党だったら、きっと証拠をそろえて、心置きなく静さんにひっくくらせてあげます。十歳の人のかわりにおれが行ったんじゃ苦情が出るかもしれないけれど、まあ、そちらは急に都合が悪くなったってことで交渉してみます。ああ、楽しみだな。いまから待ちきれないな」

夜見坂がまるで映画か芝居を見に行くような言い方をするので、静はあわてた。

「馬鹿なことを言うな。身売りの真似ごとなんぞして、何かあったらどうするつもりだ」

「何かなんてありませんよ。おれには有能な守役がついていますもの。知ってるでしょう？　何がどう転んでも、逃げる隙くらいなら、いくらでも作れます」

夜見坂は押し入れの襖《ふすま》に目を遣《や》った。つられて静もそこを見た。三毛と黒、二匹の猫が、遊びに飽きた体でだらりと寝そべっていた。

まじないのあれこれには、からきしうとい静だったが、その二匹の『猫』が、まじない屋の使う、『式』というものだということは、知っていた。生前、平蔵がまじない仕事に使っていたからである。

神出鬼没、姿形を大きくするのも小さくするのも自由自在、主人の言いつけに従ってとにかく忠実に働く――妖怪みたいなものらしい。

普段はこうして襖絵として『しまって』あるが、これを旅の供に連れていこうというのである。心強いのか、心許《こころもと》ないのか、まじない屋の事情に暗い静には、いまひとつわからなかった。

静が黙っていると、夜見坂は興奮気味に言いついだ。

「だって、ここで白波海岸なんて地名が出てきたのはもう、運命の巡り合わせだとしか思えません。おれに、行け、っていう。これは、たまには仕事を休んで、遠出を楽しめってことなんだな。ここのところ用事が立て込んでいて、行楽に出かける暇もなかったし、ちようどよかったです。あのあたりは、あちこちにいくつか保養地があるでしょう？　どこにしようかな。それぞれ違ったいいところがあるから、迷うな。汽車で行くなら、どっちがいいだろう。山のなかの景色のいいところか、温泉地か」

——運命の巡り合わせだと？

なんという事実の曲解ぶりだろう。単におまえが、どこかに出かけたいだけだろう、と夜見坂の勝手すぎる解釈に内心で毒づきながら、静はあらためて、自分の失言を悔やんだ。

夜見坂は、まがりなりにも商店主という立場上、めったに家を空けることはないのだが、じつのところ、行楽をこよなく愛する少年なのだった。彼の耳に、白波海岸などという、旅情を誘う地名と、不穏な取り引きが行われるという謎めいた屋敷の話を、ふたつ同時に触れさせてしまったのは、じつに不注意なことだったと言わざるをえない。

結果、とんでもない『冒険旅行』に出かける動機を与えることになってしまった。

しかし。

もはや静は、目の前の少年をとめるすべを持たないのだった。

——こうなったら、たとえ何を言っても、こいつは行くに違いない。旅気分を満喫しながら、人買いの『悪事を暴』こうとするに違いない。

静は唸《うな》った。

「しかし、おまえ、相手は人買いだぞ」

「大丈夫ですよ」

顔をしかめる静を、夜見坂はうるさそうにさえぎった。

「安全を確保しながらやる冒険は、ただのごっこ遊びですもの。それに、犯罪者ではないっていう可能性だってなくはありませんよ。きっかけは売り買いでも、買った人間を、ちゃんと人として扱う気があるというなら、後日、その十歳の男の子にまた話を戻せばいいんです。相手がどういうつもりなのかを調べられて、こちらも好都合でしょう？」

「しかしだな……」

静はますます渋い顔になった。

さらなる反対の言葉が静の口から飛び出してくる前に、夜見坂は早口にたたみかけた。

「ほんとうに、そんなに心配しないでください、万事、勝手にやりますから。静さんに手数はかけさせませんよ」

「そういう問題じゃねえ」

「じゃあ、監視しについてきますか？　一応の、保険ってことで。それで万が一、おれが助けを呼ぶようなことがあったら、はりきって出てきてください。『居候王子《いそうろう》』みたいに。といっても、静さんの助けが必要になるほどの相手なら、早々に調査を切り上げて引きあげるつもりですけれど。世の中には、逃げるしか対処法のない相手って、やっぱりいるものですから」

「それは、つまり、どういうことだ？」

「ついてくるのは静さんの勝手ですけど、たとえその場にいても、一切の手出しは無用だってことです」

きっぱりと静の心配を退けて、夜見坂はちゃぶ台の前を離れた。

納戸から鞄を引っ張り出してきて、いそいそと旅の準備をしはじめた。その様子はまさしく、『遠足前の子供』そのものであった。

「おい、いまから支度するつもりか」

夜見坂の隠しようもない――いや、はなから隠すつもりなどないうかれっぷりは、静にずいぶんむかしの出来事を思い出させた。まだ夜見坂の背丈が、静の腰の下あたりまでしかなかった頃のことである。

あのとき、静は早めの盆休みを利用して、元待町《もとまち》に帰省していた。夜見坂は、何カ月も前から静の来訪を楽しみにしていた。休暇中に蛸《たこ》捕りに連れていってやるという約束を、静からとりつけていたからである。

それが、急に入った仕事の都合で、だめになった。職場からの呼び出しを受けて、三日も早く王都に戻ることになった静を、夜見坂は駅まで見送りに来なかった。

失った信用を回復するのに、半年かかった。そんな経験から静は、以下の教訓を胸に刻んだのである。

――子供相手に、うかつに行楽の計画を口にしてはならない。

自身、いいかげんな大人が相手のときとは違って、気安く取り消すことができなくなるからである。

みるみるおかしくなっていく雲行きに暗澹《あんたん》とする静に、しかし夜見坂はすこぶるうれしそうに笑いかけた。

「旅行、久しぶりです。悪人退治も楽しみだし、早く明後日にならないかな」

夜見坂は年少ながらに、やると言い出したことは、よほどの障《さわ》りがない限りきちんと実行する、考えようによっては、非常に厄介な種類の人間だった。

そのため、夜見坂の旅行当日、静は職場に無理を言って、自分も休みを取った。もちろん、夜見坂を監視するためである。夜見坂がしようとしていることを知ってしまった以上、何と言われようと放っておけるものではなかった。

監視にさいして、夜見坂はかねてから申し合わせていたとおり、案内役を寄越した。黒猫の式である。名を、ホタルというらしい。静はそのときはじめて、式というものを目《ま》の当たりにした。
姿形は、ふつうの猫とどこも変わらないように見えた。が、見かけではわからない、常
猫離れした能力で、静の監視の先導役を務めてくれるということだった。
日没直前、ひそかに問題の屋敷にたどり着いた静は、暗くなるのを待って、屋敷の外を
ざっと調べてまわった。周辺に人の気配はなかった。さいわいにも、犯罪者は大所帯では
なさそうだった。
それから間もなく、夜見坂と千尋がやってきた。気の毒なことに、千尋は事情をまった
く知らされずに引っ張り出されてきたものらしく、しばらくもめたあとに、どうにか夜見
坂を人買いに引き渡して、もと来た道を帰っていった。
相当腹を立てているらしく、去っていく足取りはすこぶる荒々しかった。
無理もない。おそらく、何の心構えもできていなかっただろうから。
察するに、夜見坂は、千尋と半日旅行を楽しもうとしたのだろう。冒険旅行のついでに。
単に旅の楽しみを、友だちと共有しようとした——のだと思われたが、つき合わされるほ
うはたまったものではない。ふつう、旅行というものは、冒険とセットになっていたりは
しないからである。

静にはなじみの、夜見坂の不条理思考だったが、最近、夜見坂と知り合ったばかりの千尋がそれを知るはずもない。静は夜見坂の性格の特異性を、もっと早く千尋に知らせておかなかったことを悔やんだ。申し訳なさに、身が縮む思いがした。今度会ったら、よくよく事情を説明して、謝っておかねばと思った。

ひとまず屋敷に引っ込んだ人買いは、ほどなくしてまた自動車でどこかに出かけていった。

一時間ほどして、人をひとり、連れて戻った。時刻は深夜、午前三時に至ろうかという頃合だった。

そして、ついさっきの出来事につながるのである。

静は、話し声のする窓の外に身をひそませて、部屋のなかの様子をうかがっていた。すぐにもその場に踏み込みたくてうずうずしたが、何もするなと夜見坂に強く釘を刺されていたために、しばらくは辛抱して成り行きを見守っていた。

しかしそのうちに、とても静観していられる状況ではなくなってきた。すっかり眠らされた夜見坂の腹に、人買いが刃物を突き立てようとするに至って、ついに忍耐の緒が切れた。

気づいたときには、手近にあった岩塊を、窓に向かって投げつけていた。窓枠がひしゃげ、硝子が粉みじんに砕けて飛び散った。あとは勝手に身体が動いて、客を取り押さえていた。

しかし、人買いのほうはそう簡単にはいかなかった。突然の闖入者《ちんにゅうしゃ》にうろたえることもなく、彼はすばやく最善の対処をした。あれは文句のつけようもない胆力と、身ごなしだった。つまり、まんまと逃げられた。

追跡の途中、人買いに担がれていきながら、夜見坂が片手で合図を送ってきた。なんと、寝たふりをしていたらしい。何か考えがあってそうしていたことはあきらかだったが、こうなったからにはもう手遅れだ。

静は、夜見坂を取り戻すことだけに意識を集中した。

――俺は余計なことをしたのか。

おそらくはそうなのだろう。といって、あの時点で、静に他のどんな選択肢があっただろう。夜見坂が何を画策していたにせよ、あの状態を見過ごしにできる道理がなかった。

そんなふうに誰にともなく言い訳をしたり、腹を立てたり、悔やんだりしたあげく、静はしょんぼりとうなだれた。犯人は、海上を悠々と遠ざかっていく。船影はどんどん小さくなっていく。

重ね重ねの大失敗だった。船を追う手段を持たない静はなすすべもなく、暗い海に消えていく小船を見送るしかなかった。

間抜けな自分とは対照的に、人買いのほうは、不測の事態――たとえば、いきなり刑事に踏みこまれるような――に備えて、抜かりなく逃走手段を準備していたようである。忌々しかったが、認めざるを得なかった。ことにおいては、犯人のほうが何枚も上手だった。

静はいまさらながらに、くだんの人買いの人相を思い浮かべた。あれは、二十代半ばあたりの若い男だった。ところが見かけに反して、ずいぶん老練なやり方をする。

そこまで考えて、静は、はたと気を取り直した。呑気に感心している場合ではない。遠目ではっきりとはわからなかったが、人買いはもうひとり、小柄な人物を伴っていたようである。人ふたりを肩に担いでまさか、徒歩で逃げるわけにもいくまい。

静は早足に歩を進めながら時計の針を読んだ。汽車が動き出すまでに、まだ二時間ほどある。人買いが汽車を使うのか、より大きな船を使うつもりなのかはわからなかったが、とにかく足の速い乗り物に乗りかえる前に、

――さっさと追いついて、ひっくくってやる。

とりあえずは、殺人未遂の現行犯で。ひとまずは遅れをとったが、夜見坂の行き先はわかっていた。正確に言うと、行き先をわかっている妖怪を連れていた。

静は足もとに視線を落とした。

急ぐ静のすぐとなりを、あとになったり先になったりしながら、黒猫が伴走していた。その足取りの迷いのなさが、焦る静の気持ちを次第に落ち着かせてくれた。

――頼むぜ、ホタル。しっかり主人のところに案内してくれよ。

そんな静の考えが聞こえたかのように、少し先を進んでいたホタルが、にゃあ、と鳴いた。その声が『おまかせを』と聞こえたような気がして、静は思わずホタルの顔に目を遣った。よく見ると、『納豆公爵』のお供の片方、辛子葱之進を思わせる、利口そうな面つきをしている。

――何だ、おまえ、葱さんみたいじゃねえか。

こうなったら困ったときの神――もとい、妖怪頼みである。いまの静には目の前の猫が、明晰《めいせき》この上ない辛子葱之進に重なって見えてくるのだった。

静は頭上に巣を作りかけていた『悲しみの小鳥』をさっさと彼方《かなた》に追い払った。とりあえず余計なことは考えず、目の前を行く案内役に従うことにした。それが、いまの静がすべきことであり、同時に、できることのすべてだった。


「俺の言ったことのどこをどう解釈したら、そういう質問が出てくるんだ?」

男はほとほとうんざりしたように目を剝《む》いた。が、それでも説明を放棄したりはしなかった。嚙んで含めるように言った。

「さっきのはな、ようするに……おまえに、いままでいた場所から出ていく機会をくれてやろうっていう意味だ。おまえに新しい生活をやる。

まあ、結婚に似てるといえば……似ていなくもないか。さらば、昨日までの自分。水杯《みずさかずき》で永《なが》のお別れ、ってな。

しかし結婚とは違って、いままでのよりずっとましな暮らしを保証するぜ。他人のものだったおまえの人生を、おまえ自身の手に返してやろうっていうんだからな。

あの刑事とおまえがどういう関係なのかは知らんが、やつともこれで、おさらばだ」

「ということは、これからまだ、どこかに連れていってもらえるんですね？」

夜見坂は、興味津々といった体で瞳をかがやかせた。男の口許《くちもと》に浮かんでいた、勝ち誇ったような笑みがたちまち消えうせた。かわってあらわれたのは、つまらなそうな不満顔だ。

「どうも、調子がくるうな」

どうしてもふつうの反応を返してこない相手に、男は釈然としないまなざしを向けた。

夜見坂が、そわそわしながら訊いた。

「それで、行き先はどこですか」

まるで遠足の段取りを逐一引率者に訊ねる、落ち着きのない生徒のようである。

「そうさな。こいつはいったい、どこへやったもんかね。なあ、おイト？」

男に呼びかけられて、それまでずっと船の艫《とも》にうずくまっていた老女が顔を上げた。

「それがねえ、梓さん。おかしいのよ。この子のこと、さっぱりわからないの」

老女は男と同様に不思議そうな顔をしながら、しげしげと夜見坂を眺めた。

妙な返答だった。少しも質問の答えになっていない。

しかし、男は老女の返事を、しごく真面目に受け取った。

「そうなのか？　そりゃあ、常にもないことだ。しかしそうなると、こいつの扱いをどうしたものか……参ったな」

腕組みをして、眉間にしわを寄せた。

やがて言った。

「仕方ない。こうなったら、本人に直接、望みを訊いてみるか……な？」

当然のように同意を求められて、夜見坂はまばたきをした。

「ええと、それはつまり、これからどこへ行くか、おれに決めろ、ってことなんでしょうか？」

「そうだ」

「さっき、常にもないことっておっしゃいましたけど、そうすると他の方は、あなた方が行き先を決めていたってことですか」

　夜見坂の質問に、男と老女は顔を見合わせた。

「どうやらこいつは、俺たちの仕事のことを多少はわかっているらしいな」

　男が夜見坂に向き直った。

「だったら、このさいだ。お互いに隠し事はなしにしようぜ。言ってみな。俺たちのしていることをどこまで知っている？」

「残念ながら、ほとんど知りません。知りたいから、こうして調べに来たくらいで。予備知識は、鬼のような父兄から子供を買い求めている誰か、ってことだけでした」

「うん、まさにそのとおりだな。それで？」

「人買いが、どんな人間なのか、売られた人がどうなるのかが知りたくて、それを確かめるつもりでいました」

　正直に打ち明けた夜見坂の言い分に、男が、はっ、と笑い声をたてた。

「なんだ、物好きなやつだな。人買いが買った人間をどうするかなんて、あたりまえに想像がつくだろうよ。血の通っている人間とは思えねえ方法で、使い殺すだけだ」

「だけど、あなたはそうしない」

男は、目を細めた。ゆっくりと煙草をふかした。

「さっきの答えをまだちゃんと聞いていなかったな。おまえが屋敷に来た理由だ。旅行なんてのは冗談で、ほんとうのところ、やっぱりあの刑事に協力を頼まれたんだろう？　調べに来たのは、人魚の肉を餌《えさ》にした金銭詐取のからくり――いったい、どこで嗅ぎつけられたのやら」

「いえ、そっちに行き当たったのは、まったくの偶然です。詐欺《さぎ》と子売り、ふたつの出来事がつながっているなんて、ぜんぜん予想していませんでした。だからこれは、警察に頼まれてやってることじゃありません。さっきも言いましたけど、ほんとうにこれは旅の余興で――」

「納豆公爵ごっこ、だったな」

「はい」

「なら、そういうことにしておこう。しかしその動機、はっきりいって変質者的だぞ。おまえ、これまでどういう生活をしてきたんだ？」

「金物屋《かなもの》です」

「金物屋の小僧か。意外に真っ当な生活をしていたんじゃないか。おかしな空想癖を持っているわりには」

「そうでしょうか」

夜見坂は不服そうな顔をした。

「おかしな空想癖なんて、おれは持っていませんけれど。おれに言わせれば、あなたのほうがよっぽど変質者的です。だけど、そのあたりのこと、とても興味があります。よければ、おれからも少し質問させてもらっていいでしょうか」

「何だ」

面倒くさそうに言った。

「あのお客が、人魚の肉――いえ、人の生き肝の効果をすっかり信じていたのは、どういうわけなんでしょうか。死人の肝を薬にするっていう気持ちの悪い方法は、いまでも現実的な手段が尽きたような場面で一部の迷信家に支持されることもあるやり方ですけど、あいう実際家ぶった人が、その手の迷信を簡単に信じるなんて、驚きです」

「なに、簡単な理屈だよ」

梓は短くなった煙草を、ぽいと海に放った。

「まさに、『現実的手段の尽きた人間』を相手にすればいいだけのことでね。筆頭はやはり、不治の病にとりつかれた人間だな。その上、因業な金持ちだということなしだ。ようするに、切実に受け入れがたい現実の改善……手段を求めている人間に、的を絞ることだな。なにしろ『薬』を求める、情熱が違うからな。あたりまえの分別なんぞ、どこかに吹き飛んでしまうさ。ずいぶんむかしの話だが、生に執着するあまり、孫の生き肝を食おうとした老貴族の例《ためし》もある。そういう種類の人間に実際的な手段を示し、なおかつその有効性を、少しばかり実感させてやればいい。

そこで、ちょっとした薬を『味見』させてやったのさ。なにしろ、そいつが身体に入ると、劇的に『楽になる』からな。どんなに疑い深い人間も、信じずにはいられなくなる。仮に信じなくても、もっと効くものがあると言われれば、それを試さずにはいられなくなる。たとえそれが、人魚の肉だろうと、子供の生き肝だろうと」

「そうか、釣り餌が決め手だったのか。ところで、その薬っていうのは、どういうものなんでしょうか。そんな便利なものがあるのなら、のるかそるかの詐欺稼業なんかより、そっちを商売にしたほうが、よほどいいような気がしますけど」

「おまえ、ひとまず寝ちゃあどうだ。子供はよく眠らないと、背丈が伸びないぞ」

男の答えに、夜見坂は口をとがらせた。

「年上の人は、何かが面倒になると、すぐにそんなふうに言うんだ」

「事実、面倒なんだから仕方ないだろう。薬のことだがな、そのあたりの事情となると、ずいぶん話が長くなる」

「それはもしかして、屋敷でおっしゃってた、探し物の旅と関係があるんでしょうか。だったら、余計、聞かずにはいられません。お話、ぜひお願いします」

いざりよる夜見坂から逃れようとして身体をのけぞらせる男を見て、老女がくすくすと笑いだした。

「話しておあげなさいな。自分に分けてやれるものは分けてやる、それがあなたの信条なんでしょう?」

「そりゃ、そうだけどな――」

不平を言いかけて、男は忌々しそうに舌打ちをした。

「しようがないな。しかしその齢になってまだ、寝かしつけに昔話が入り用ときた日にゃあ、お守り役もひと苦労だぜ」

男が小声でごちると、姿を消したまま、老女のそばにうずくまっていたコチョウが、同意を示すように、大きなあくびをした。

「さて、それじゃあひとつ、長夜の暇つぶしに話してやるか。信じようと信じまいと、それはおまえの勝手。これは俺の、呪われた旅の物語だ」

5

蔵戸梓《くらとあずさ》が生まれたのは、北山州《きたやま》の、山奥深くにある寒村だった。青淵《あおふち》村と呼ばれていた。山間のわずかな土地に小さく開けたその村は、すこぶる日当たりが悪く、耕地は痩《や》せていて、ちょっとした天候の不順で、すぐさま飢《う》えに悩まされるような村だった。

村を治めていた領主は、王族ゆかりの大貴族で、梓の住んでいる村の他にも、いくらも豊かで、広大な領地を所有していたが、たいした生産性のない青淵村からも、手加減なしに年貢を取り立てた。

不作の年であろうと、疫病が流行《はや》った年であろうと、年貢米はただのひと握りさえ目こぼしされなかった。

村人は、休む間もなく仕事をした。田畑を耕すだけでは、税の支払いさえおぼつかなかったからである。柴《しば》を刈り、炭を焼き、草を編み、機《はた》を織った。大人から子供まで、常に何かしらの仕事に追われていた。

が、ひとたび天候の不順がはじまると、たちまち生活は逼迫《ひっぱく》した。納めきれない税は、借財となって積み上がり、苦役は死ぬまで終わることがなかった。

趣味も、娯楽も、余暇も存在しない閉鎖空間にいて、皆、その日の飯を食べるためだけの仕事に必死になっていた。生きていることの楽しみは、ほんのわずかな糧《かて》を口にすることだけだった。

青淵村の祖は、かつて、王との戦に敗れて都を追われた武家貴族の末裔《まつえい》だと言い伝えられていた。敗戦によって逆賊となった一族に、居場所はない。生産手段を持たないまま、体制側につけ狙われ、怯《おび》えながら放浪する生活を続けたあげく、彼らが生き残るためにした選択。それは、ひとつの村を、そっくり強奪することだった。

村の乗っ取りがどんなふうに行われたか、詳細は伝わっていなかった。ただ、もとの村人全員の死骸《しがい》を隠すために、山中の沼にまとめて沈めたという事実だけは、目には見えない呵責《かしゃく》となって、各々の胸の内にひそかに記憶された。

人の血で真っ赤に染まったというその沼の、魚を食べることは以来、禁忌《きんき》となった。

その後、かつての犯罪行為は『伝説』として子孫に口伝された。人の怨念を吸った魚を食べると、死者の祟《たた》りを受けるというのである。追いつめられた末の悪行とはいえ、村の始祖は、自らが犯した罪に自覚的だったようである。

かくして村の乗っ取りは成功し、放浪者は落ちつき場所を得た。しかし、苦難はそれで終わりではなかった。先の居住者同様に、苛烈《かれつ》な税の取り立てと、際限のない労働、慢性的な食糧不足からは逃れることができなかったからである。

貧しい村は、たびたび飢餓《きが》の年を経験した。不作の年には、あたりまえのように複数の餓死者が出た。村人は、そのような生活をさらに何代も繰り返した。

その間、沼の魚に手をつけた村人がいたのか、いなかったのか、いたとして、その人間がどうなったのか——沼の魚を巡る伝説の真偽については一切、語られることがなかった。言葉によっても、もちろん、文字によっても。

ただ、『食べてはいけない』という戒《いまし》めだけが、後世に伝えられていた。


だから、長雨が続いたせいで、稲がぜんぶだめになってしまったあの年——ふたつ年長の兄に、沼の魚を取りに行かないかともちかけられたとき、梓はその誘いをすぐに断ることができなかった。

沼の魚を口にしてはならない——物心がつくやつかずの頃から、誰彼にということなく、言い聞かせられてきた戒めである。それを犯してよいものか。断りはしなかったものの、すぐに承諾の返事ができなかったのはやはり、迷いがあったからである。

兄はそんな梓の心の内を見透かしたように笑った。

「なあに、食うなの戒めなんぞ、大方、年寄り連中のひねり出したいんちきだろうよ。案外とあいつら、こっそり自分たちだけで魚を取って、いい思いをしているのかもしれんぞ」

兄の言い分に、梓は自分でも意外なくらいあっさりと説得された。わかった、とうなずいてから、自分は兄がそれを言い出すのを、ずっと待っていたのだと気づいた。

なにぶん、腹が減っていた。家にはすでに、食物《しょくもつ》の蓄えはなく、飢えた熊のように山をうろついては、口に入れられるものを探す毎日だった。この期に及んで、沼の魚だけが例外であるはずがなかった。

その日の夜更け、兄弟はさっそく連れだって山に入った。晩秋の森の木々は、寒々とした細枝ばかりを夜空に伸ばし、その隙間《すきま》からたくさんの星をのぞかせていた。

目当ての沼は、十六夜《いざよい》の月に照らされ、鏡のように青く静まり返って、ふたりが来るのを待っていた。

兄弟は夜のしじまに冷たい水音を響かせて、何度も網を打った。草から取り出した繊維を編んで作った、手製の投網《とあみ》であった。兄はずいぶん前から、魚を取るための準備をしていたらしかった。

明け方近くに、一抱えほどもある魚がかかった。兄弟は顔を見合わせて、我知らずこぼれた笑みを交わし合った。目論見が当たった喜びで、梓の胸はいまにもはり裂けそうだった。一度に食べきれないほどの食物。そんなものを手にしたのは、生まれて初めての経験だった。

魚を手に入れたからには、もう沼に用はない。ふたりは急いでそこを離れた。適当な場所にかまどを仕立てて、火をたいた。兄が、持参の小刀で、魚をさばいた。夜目にも真っ赤な肉質が、少し気味悪かったが、なにより食欲が勝った。小さく切り分けた魚肉を小枝に刺して、火であぶっては、貪《むさぼ》るように食べた。

空っぽの腹に詰め込まれた食物は、兄弟をすみやかに眠りの世界にいざなった。ふたりはくちくなった腹をさすりながら、ひとまず横になった。


目が覚めると、空が赤く染まっていた。夕暮れの空だ。どうやら、ほとんど一日、眠り続けていたらしい。

カラスの鳴き声が、水紋のように広がって重なり合いながら、夕方の空にこだましていた。陽《ひ》はふたたび沈みかけており、梓は肌寒さに身震いしながら起き上がった。

そして、ぎょっとした。

落ち葉が敷き詰められていたはずの地面を、短い青草が覆っていた。旺盛《おうせい》な生命力をたくわえた雑草が、そこにあるものすべてを覆い尽くすべく、新しい芽を吹いていた。

──春の山？

いま自分が置かれている場所と季節に気づいた瞬間、梓は身体《からだ》中の血が引いていくような恐怖に襲われて、あたりを見まわした。

草叢《くさむら》のなかに、白骨があった。寝ている形で、肉だけを失った──あきらかに人の骨だった。それが、兄が横になっていた場所にある。言葉にできない感情がのど元にせり上がってきて、梓はその場に嘔吐《おうと》した。

押し寄せる不安に耐え、苦しい呼吸を繰り返しながら、梓は状況の把握に努めた。が、少しも理解できなかった。

この白骨は兄なのか。骨にこびりついた布の残骸を、おそるおそる手に取った。兄の着ていた着物の色柄に似ているような気がする。でもだからといって、これが兄だなんて、

──ありえない。

梓はふらふらと立ち上がった。歩きだす。その足取りは次第に速まって、ついに梓は駆けだした。

——そうだ、村に戻ろう。あの骨が兄貴でなんかあるものか。きっと、いつまでも寝ている俺を置いて、先に帰っただけだ。

梓は息せき切って、目的の場所にたどり着いた。不安と動揺が一緒になって、梓の胃の腑《ふ》を締め上げた。

家のあるはずの場所。

そこは、背丈より高い雑草に覆われた、ただの空き地になっていた。見慣れた家はすでになく、田畑は原野に還《かえ》り、村そのものが消えていた。

梓は呆然《ぼうぜん》としながら、よろよろと歩きだした。いくつもの山に隔てられた、となり村に向かって。

梓が眠っていたわずかな間に、何があったのかを、確かめなければならなかった。

となり村の住人は、誰も梓を見覚えていなかった。それどころか、青淵村を知らないという。頼み込んで、病床にふせっている村の最年長者に話を聞けば、彼女の母が、青淵村の最後の生き残りであったと教えてくれた。

ひどい不作があった年に、追い打ちをかけるように悪い病気が流行って、青淵村の住人は全員、死に絶えたのだという。彼女の母は、病が流行る直前にこの村に嫁いできたために難を逃れた。青淵村はそのままうち捨てられ、再興されなかったらしい。

梓はとなり村を出て、また歩きだした。『おまえは宿無しになったのだ』。誰のものとも知れない声が、頭のなかでわんわんと反響していた。

自分の身に起こったことが何なのか、何が起こっているのか、少しもわからないまま、梓は都に出た。ちょうど、春たけなわの頃であった。

舞い散る花弁に、白くかすんだ都の空。豪華な屋敷や寺院のそびえるところ。たくさんの店が軒《のき》を連ねて、市をなしていた。加えて、数えきれないほどの人の群れ。そんなふうに大勢の人間を見るのは初めてだった。

何もかもが、多彩で豊富だった。しかし、そこに、梓のものは何もなかった。梓を受け入れてくれる場所も同様だ。文字どおりの宿無し、梓は住み処《すか》さえ持たず、身ひとつで生きていかなければならなかった。

はじめは勝手がわからず、散々腹を減らした。しかし、どんなに飢えても、死ぬことはないのだった。飢えの苦痛はいままでどおりに感じるのに、梓の肉体が滅びることは、けっしてないのである。飢えのつらさに、今日死ぬか、明日はだめかと思うのに、必ず次の日がやってきた。

死なないのだから、仕方がない。梓は空腹の苦痛から逃れるために、何くれとなく、活動をはじめることになった。物乞いをしたり、雇われ仕事をしたり、行商をしたり、ときには盗みをはたらいて、世過ぎをした。

そして、徐々に自分の身に起きていることを理解しはじめた。

——どうやら俺は、とんでもない呪いにとりつかれてしまったらしい。

その時点で、村を出てから、数十年の月日がたっていた。

それなのに、梓は死なないばかりか、容貌《ようぼう》まで当時のままで、少しも変わらない。あいかわらず二十四の、若者の姿のままなのだ。さすがに気づかずにはいられなかった。

——よもやあの、魚の肉のせいなのか。

禁忌の沼。沼の魚を食べてはならぬ。さてはあれが、人の怨念を帯びた魚の棲《す》む沼であったがために、伝えられてきた忌事《いみごと》だったのか。自分たち兄弟は、その禁を犯したために、呪われたのか。そのために、兄は死に、俺は——。

都というところは、事物のみに限らず、人の種類もすこぶる多様なところであった。おかげで梓は、これまで知らなかったいろいろなことに、耳目《じもく》を触れさせる機会に恵まれた。聞くともなく聞いてきた、坊主の辻説法や、芸人の語りが、いつの間にか、梓に雑多な知識を与えていた。

人魚の肉に関する風説も、そのうちのひとつだった。

半ば人の形を有しているという魚の肉――それを口にして、なお生き延びた者は、不老不死の肉体を得るというのである。どんなに飢えようと、病にかかろうと、致命傷を負おうと、殺されてさえ死から回復し、生命を保って、この世にあり続ける。それは、死すべき運命を背負った人間を魅了せずにはおかない、まさに法外な品物であった。

人魚とその肉を巡る物語は、しばしば怪しげな行商人の口を通して語られ、正体不明の薬種の宣伝文句として付記された。人々はそれを、半信半疑ながらに『薬』とみなして買い求めた。いつの時代であれ、運命を支配したいと望むのが人間である。意に沿わない現実を生きている者にとって、それが何であれ、抗う手段が魅力的に映らぬはずがないのである。

問題は、その『薬』に実効が伴わなかったことである。ために、諦めるべきことを諦めることのできない人間ほど、正気をすり減らし、金を失い、ますます心を乱して、かえって余分に苦しむことになるのは、いかにも皮肉なことであった。

風説ばかりが広く巷《ちまた》に流布《るふ》していたが、本物の『人魚の肉』を手に入れ、食べた人間――自分と同じように、死とも老いとも縁がなくなってしまった人間、というものに、梓はついぞ巡り合うことがなかった。もし、齢《とし》も取らず、死にもしない男を、まだ人間と呼べるとしたらの話ではあるが。

同類に巡り合えなかったのは、人魚の肉を名乗る品物がすべて偽物であったのか、本物を食べた人間が、ことごとく命を落とした結果かはわからない。あるいは梓のように、素知らぬ顔で世間に紛れ込んで常人のふりをしていたために、互いにそれと気づくことができなかったのかもしれない。

ふつうの人間の顔をして、歳月を繰り返した。人中に入って、日銭を稼いで、食物——飢えの苦痛を解消する手段をあがなう。はじめは何が何やらわからないままに、夢中でそれをやった。

途中からは、自分の特異な体質を利用することを覚えた。どんな危険な仕事でも、気楽に請け負うことができた。酒色《しゆしよく》や、賭《か》け事に耽《ふけ》った時期もある。が、じきに飽きた。つかの間、頭のなかを空っぽにしてみたところで、どうなるものでもなかったからだ。その種の娯楽に酩酊《めいてい》して、人生をごまかしのうちに終えてしまうには、梓に課せられた時間は、あまりにも長久だった。

人を好きになって、常人の命のはかなさに苦しんだこともある。たいていの人間が、死にたくない、おまえが羨《うらや》ましいと嘆きながらこの世を去っていった。あなたを残していくことが哀しいと泣いた女もいた。そのたびに感情がすり減っていった。記憶は重荷だ。年毎《としごと》に積み重なって、背骨をきしませる。とてもぜんぶ担いでいけるものではなかった。

梓は他者の死を、忘れることで受け入れた。べつに死ななくても、生きていても、人は別れるのである。世に、変わらないものなど何もない。すべてが古び、過ぎ去っていく。時は、留まることを知らない水の流れのようだった。

流れ続ける時間の川のなかで、しかし梓は、澱《よど》みにとらわれた芥《あくた》さながらだった。どこにも流れていくことができずに、やがて腐臭を放ちはじめる。

自棄《じき》と絶望のあいだを長く揺れ動いた。そのうちに、自分が何なのか、わからなくなってきた。

――ここで、何をしている。俺は、何のためにここにいる。なぜ、ここから出ていけない。

自殺が無意味なことは、とうに実験済みだった。ただ一昼夜、痛い思いをするだけで、新たな朝が必ず梓を訪れた。

死ねない。その事実が、呪いのように背後に覆いかぶさってきた。身体の、あらゆる要素が生に縛られているのを感じた。自分は死から自由になったのではない、生にとらわれているのだ。そんなふうに思った。

いっときの欲望に負けて、禁忌を犯したばかりに、永遠に眠りを奪われた男の話をたびたび思い出した。

死なない人間は、眠りを失った人間にどこか似ていた。

時間がたっぷりあって万々歳――というわけにはいかないのだ。どうやら不自然なことには、苦痛という代償が伴うものらしい。気の遠くなるような夜の時間。その冷ややかな感触をつぶさに味わわされながら、目を閉じることさえ許されずにいる。

男は、後悔に苛《さいな》まれながら、ひとりきりで眠りのこない夜を過ごす。しかし、彼の苦しみには終わりが来る。やがて死という、永遠の休息が約束されている。梓とは違って。

そんなふうに考えはじめると、世の中の何もかもがゆがんで見えはじめた。おかしくなりそうだった。

しかし、そこからまた何十年もかけて、夜の住人につきまとう孤独を飼い馴《な》らした。が、そのあたりからまた別の問題が発生した。人ならぬ、『巨人の苦悩』のはじまりである。

その巨人に課せられた仕事は、大岩を山頂に運び上げることであった。ところが、岩は運び上げられたとたん、ひとりでに谷に転げ落ちてしまう。運んでも、運んでも、仕事は片づかない。巨人は、永遠に同じ仕事を繰り返さなければならない。そんな物語。

不死の運命を背負った梓は、かの巨人同様、長い長い生の無意味に耐えなければならない。

永遠に意味のないことをやり続けなければならないという罰を課せられた巨人。繰り返される世界に、出口は見当たらない。そのかわりに、梓をやみくもに生きろと追い立てる苦痛だけが、いつもかたわらにあった。

陽が昇り、陽が沈み、月が巡ってまた朝が来た。毎日腹は減るし、死ぬことこそないものの、病は苦しい。傷を負えば痛むし、身体を使えば疲れる。だからといって、何もしないというわけにもいかない。

梓は自らの生に倦怠《けんたい》した。そして恐れた。またしても追いつめられたあげく、ふと思いついた。

——出口がないなら、探せばいい。

梓は日常を放棄して、旅をはじめた。自身にかかった、不死という呪いを解く方法を求めて。

船乗り、荷担ぎ、密輸業者、あらゆる職に就《つ》きながら、世界中の大陸と島々を回った。南大陸の雨の森、北大陸の氷の山、東西の高地に湿地、そこに、数百年前に身体に取り入れてしまった『毒』を消す薬種——梓の息の根をとめうる毒薬を求めて。

およそ二百年の間、せいぜい旅をした。少数民族に伝わる『秘薬』を求め、古書や言い伝えを頼りに、苦労して、稀少な薬種を求めた。しかしそれを飲んでも食っても、不死の呪いは解けなかった。

死なない自分はあいかわらずそのままで、しかしその一方で、薬の知識ばかりは人事ならざる広さ、深さで身についていった。

世界の秘密は、人の目に、深く隠されている。それを知るためには、それがただひとつの事柄についてであってさえ、多くの代価を必要とする。人ひとりが持つ時間と能力では不足なのである。しかし梓の生命は、時間にも環境にも制約を受けない。薬にまつわるいくつかの発見は、人ならざる身にこそ許された果報だった。

たとえば、人魚の乾燥肉と偽って客に提供した薬などは、そのたぐいだった。南大陸の湿地を旅したときに、たまたま薬効に気づいた木の皮——これは、人の不安をよく鎮め、痛みを取り去る効能を持っていた。残念ながら、効果が一時的であるうえに、少し遅れてくる重篤《じゅうとく》な副作用があって、じゅうぶんな余命を持つ人間にはあまり有用な薬とはいえなかったが、そのあたりに目をつぶるなら、奇跡のような効き目を持つ薬種だった。

さらに意外な発見は、梓の最も身近な場所にあった。自身の血液が、他人の身体に対して奇妙な効力を持つこと——それを知ったのは、やはり薬探しの旅の途中だった。

中央大陸の南、灌木《かんぼく》の森のなかに暮らす、ある部族の村を訪ねたときのことだ。この村には、互いの血をすすりあって、友好の情を示すという習慣があった。

他と隔絶した社会には、人の社会の黎明《れいめい》期を彷彿《ほうふつ》とさせる、古いならわしがいくつも残っていた。流血を伴う通過儀礼、人間を供物《くもつ》にした祈禱《きとう》、人肉食の習慣、そして腕力至上主義——おおよそ、世界の仕組みの理解が、感覚的な判断と憶測のみでなされていた頃の習慣を、千年一日のごとくに保守している土地——。

居住している環境の過酷さが彼らに深い思考を許さず、生活の改善を阻《はば》んでいることは疑いをいれなかった。古い習慣が、あきらかな害毒となっている場合も散見された。

たとえば、人肉食である。この習慣のある土地には、決まって奇病が存在した。ゆっくりと神経が冒されて、次第に運動機能が失われていくという経過をたどり、潜伏期間を含め、数年から十数年をかけて死に至る。もっとも、食べてすぐどうこうというのではないから、誰も習慣と病を結びつけて考えてはいなかった。

しかし、かの奇病の原因が人肉食にあることは、梓の目から見る限り、明白だった。

その習慣の外にある人間が、生理的な嫌悪を感じる事柄には、何かしら、生命の平安を脅かす要素が存在しているものらしかった。

しかし、梓がそれを言い出しても、誰も信じないのだった。長く続けてきた習慣は伝統と呼ばれ、それに異論を唱えることは畢竟《ひっきょう》、共同体に対する侮辱でしかないのである。誰より、よくその伝統に馴染んできた指導者自身が、敵意をもってその忠告を退《しりぞ》けた。ましてや、梓はよそ者である。衷心《ちゅうしん》から出た意見ではあったが、聞き入れられることはまず、なかった。

血の交換による歓待も、そのような共同体のひとつで行きあった、伝統儀式だった。

そんなとき、梓は恐れもせずに、彼らの『伝統』に従うのが常だった。梓の旅の目的は、この世に留まることではなく、出口を探すことにあったからである。

それで、何人かの村の有力者と、血の盃《さかずき》を交わした。そして三度月が巡る頃、彼らは死んだ。持ち物の何もかもを後継者に分け与えての、安らかな死だった。

突然、指導者を失い、しかし彼らからやさしい恩恵を与えられた村人は、その原因となったと思われる梓を、良いものとも悪いものとも判断しかねて、あえて害することはせず、ただ村から追放した。

そんな旅をさらに続けたあげく、梓は失意のうちに帰国を果たした。結局『出口』を見つけることはできなかったのである。

八方ふさがりだった。常人ならざる身体を、梓は完全に持て余していた。王が西の都で国を統べていた時代はとうに過ぎ去り、身分よりも、土地の所有よりも、金の有無が物を言う、前代未聞の時代がはじまっていた。ひっくりかえった価値に世は混乱し、人々は浮き足立っていた。過去に何度も経験してきた、乱世の再来であった。

しかし、梓はすでに、現世にかかわるあらゆるものに熱意を失っていた。月日が巡っても、世の中の上下がひっくり返っても、人の世はあいかわらず、飢えと苦しみに満ちている。あと、どれだけ生きても、同じことの繰り返しであるように思われた。

数百年も生きたのに、わからないことだらけだった。庶民というやつは、どうしてこんなにも不遇なのか。皆、寝る間も惜しんで働いているのに、なぜ、始終腹を空かせているのか。なぜ、何度時代が変わっても、人の立場に理不尽な上下があるのか。なぜ、いたるところで他人を踏みつけにせずにいられない人間が見つかるのか。

——どうして、多くの人間は、こんなにも不幸なのか。

考えはじめると、頭が痛くなってきた。少々長く生きたところで、こじれた事物の仕組みを理解し、答えを得ようとするのは常人同様、簡単なことではなかった。

しかし、仕組みはわからなくても、何か、腑に落ちる理由が欲しかった。そうでもなければ、目に映るこの世の現状を受け入れがたかった。

有り余る時間を使って、とにかく考えてみることにした。

考えることが、手がかりを——思いがけないひらめきをもたらす。薬種研究にしばしば役立った方法だった。やり方は心得ていた。運が良ければ、理屈や踏むべき手数をすっとばして答えにたどり着けることもある。

それで、手近なところからはじめることにした。まずは、自分について考えはじめたのである。疑い深くて、嘘《うそ》つきで、他人の都合になど、一切構わない男。せいぜい冷淡に生きてきた。

——何でそうなった。

そう、教えられたからである。そうするのがいちばん無難な生き方だと、学んできたからである。何も、教師について勉強したわけではない。坊主に説教をされたわけでもない。何せ梓は、ふた親を知らない身の上だ。生まれた村では、兄とふたり、肩を寄せ合って生きてきた。教育になど、露ほどの縁もなかった。

梓にそれを教えたのは世間だった。苦労して作った作物を、みじんの容赦《ようしゃ》もなく奪っていく領主。諾々《だくだく》とそれに従うしか生きる道のない領民。ずいぶんつらい暮らしだったが、あの頃はそれでも居場所があっただけ、まだましだった。

家を失《な》くしたとたん、正真正銘の余計者になった。どこへ行ってもじゃまにされて、こづきまわされる。しっかりとした拠《よ》り所を持たない人間は、他人の鬱憤《うっぷん》のはけ口にされるのが関の山だった。

そんなふうだから、たまさか居場所を得た人間が強欲になる事情もよくわかった。やっと手に入れた場所を守ろうと、必死になるのだ。奪われるのが怖くて、それが現実になる前に、脅威になりそうな人間をあらかじめ排除しようとする。暴力、恫喝《どうかつ》、差別、陰謀――方法は何でもありだ。

相手がそうなのだから、こちらでもそのつもりでかからなければ対抗できない。まさに、実地の教育である。そして、嫌でも学ぶことになる。生きていくということは、他者を徹底的に排除するのに、懸命になることなのだと。地獄は彼岸《ひがん》にあるのではない。いまここに――生きた人間のために、この世にあるのだ。

梓はとうとう観念した。

どういうわけか、この地獄にとじこめられた身の上である。ならば、もはや慣れるしか、道はないではないか。

そこで今度は、なるべく薄情に生きるように努めた。ただ自分の身ひとつを養うだけなら、しがらみの重量もいくらか軽くなろうというものである。その気になれば、だんだん要領が身について、のんべんだらりと世過ぎができるようになった。何かを考えることもやめてしまった。

風に運ばれる雲のように、成り行き任せに、何の目的もあてもなく、この世を漂っていればいい。ますます感情が削《そ》げ落ち、過去があいまいになり、しかしそのかわりに、いろいろなことが気にならなくなった。まわりの人間は勝手に生まれて、いつの間にか死んでいく。

梓の目から見た常人の一生は、あっという間といって差し支えのないほどの短さだった。どうしてそのわずかな時間を穏やかに生きられないのか、不思議なくらいに。


転機が訪れたのは、そんなふうに、平坦きわまりない心境を得て、間もない頃だった。

その日、梓は名も知らぬ港町のはずれにいて、夜釣りに興じていた。波はしごく穏やかで、足場にしていた大岩に打ち寄せる重たい波音を聞きながら、梓は魚がかかるのを、待つともなく待っていた。空には大きな満月がかかっていた。

次第に潮が満ちてきて、水位が上がりはじめていた。初めのうち、岩の半ばほどにあった海面が、いつの間にか、すぐ足もとにまで迫っていた。

水平線のあたりに固定していたまなざしをふと下げたのは、その足もと近くに、ありうべからざる人の気配を感じたからだった。

——まさか、海のなかに誰がいるっていうんだ。

どういうわけかひととき、あきらかに間違った感覚にとらわれた自分に、梓は苦笑した。が、次の瞬間、口許《くちもと》に浮かべた笑みが凍りついた。そこに予想もしていなかったものを見出したからである。

水に浸かった女がいた。

といっても、水死体ではない。女は梓の視線の先で、黒い波の間に揺られながら、じっとこちらを見つめていた。妓楼《ぎろう》や舞台で飽きるほど見てきた、必要が造形した『美女』とは違う。どこか人ならざる気配をはらんだ、ぞっとするような美貌だった。

はじめはこのあたりの海女《あま》かと思った。が、それなら、かたわらに桶《おけ》を浮かべていないのは妙だった。第一、暗闇のなかで仕事をする理由がない。

ともかく、陸に引きあげてやろうと手を差しのべたが、どういうわけか、女はそれ以上近づいてこようとしなかった。梓は困惑した。

白い肩先だけを波間にのぞかせていた女が、つと両手をのべたのは、そのときだった。どこに隠し持っていたのか、ユウガオの実ほどの大きさのかたまりを、梓に差し出したのである。女は終始無言だったが、その瞳の色に、『受け取れ』という、切実な要求が見て取れた。

梓はとっさに身構えた。

それを取るつもりで身を屈めたところで、海に引っ張り込まれて、そのまま水底に沈められてしまうのではないか――そんな剣呑《けんのん》な考えがまず頭に浮かんだのは、女の顔つきが、まさに鬼気迫るようだったからである。

しかし梓はじきに、自分が死なない身の上だということを思い出した。溺死《できし》の心配など、はなから無用のわずらいである。梓は気を取り直してそれを受け取った。後先考えずにそうしてしまったのは、知らず、女の凄《すご》いような様子に圧倒されていたからだ。

受け取ったものは、ずっしりとした重量を備えていた。案に反して、あたたかい。ぐにゃぐにゃしている。ほどなく、自分の腕のなかにあるのが赤ん坊であることに気づいて、梓はぎくりとした。女のほうを見た。

すると、女がしゃべった。

——アタタカイ、トコロへ。

この国の言葉を話してはいたが、おかしな発音だった。異国の——碧国《へき》や、湖《こ》国あたりの訛《なま》りがあるような——しかし、女の身元は何ひとつ確かめられずに終わった。

突然、海面が大きくうねって、波が押し寄せてきた。

白く泡立って、岩の上にまで這《は》い上がってきた海水に足もとを洗われそうになって、梓はあわててあとずさった。

岸からそう遠くない場所を、黒い城のような船が航行していった。警告灯の光で、堂々たる船体を飾って、悠々と沖に出ていく大型船。船橋にひるがえる船旗は、偶然にも湖国のものだった。船が作る大きなうねりを呑《の》んだ海水が、速い波になって、次々に磯《いそ》に打ち寄せた。

　波が引き、あたりに静けさが戻ったとき、女の姿は消えていた。目に入るのは、もとのままの、穏やかな月夜の海ばかりである。

　はじめは、妖気にあてられたのかと思った。海や山の気が、ときおり人に見せる、幻覚、幻想のたぐいである。海や山には、正体の定かでない力が発生する場があって、それが、幻覚の形をとって、人に作用することがあるのである。場と人の感応の度が誘因になることもあったし、疲れがそれを見せる場合もあった。そのような不思議を、梓はいままでに何度か経験していた。

　しかし、残念ながら、今回はそれとは違っていた。女は狐狸《こり》妖物のたぐいではなかったとみえて、腕のなかにあるかたまりはいつまでたっても木石に変わることはなく、ぐにゃぐにゃとした赤ん坊のままだった。

　えらいことになったと梓はあわてた。扱いもわからないお荷物を背負い込むのは、まっぴらごめんだった。そこで、ともかく陸に引き返して――浜にあった社《やしろ》の上り口に、赤ん坊を捨てた。

　自分のような男に、赤ん坊が育てられるはずがないのはわかりきっていた。だいたい、乳が出ない。乳飲み子の食物は乳だけなのだから、これはたいへんにまずいではないか。

それでも一応、受け取ってしまった責任だけは感じていた。だからせめて、誰かに拾われるのを見届けてから行くことにした。社の入り口なら、そのうち誰かが通りかかるのではないかと考えたのである。物陰に隠れて、ときどき様子をうかがっているうちに、案の定、人が来た。明け方近くのことであった。

やってきたのは、提灯《ちょうちん》を提《さ》げた——老女だった。

老女は赤ん坊に気がつくと——どういうわけか、手出しもせずに提灯で照らして、しばらく、しげしげと赤ん坊の様子を眺めていた。その間、赤ん坊は泣きもせず、ひと声をあげることもなかった。

思えば不思議な赤ん坊だった。見知らぬ男に預けられようと、道端に捨てられようと、うんともすんとも声をたてないのである。いくら蒸し暑い夏の夜だったといっても、薄物一枚にくるまれたきりで捨て置かれて、それでもむずかる様子もないのは、あとから考えてみると、おかしな話だった。ありそうで、なかなかお目にかかれないのが、泣かない赤ん坊である。

ひょっとしたら、あの女も、赤ん坊も、あたりまえの人間ではなかったのかもしれないと、遅まきながらに思い当たったが、だからどうということもない。もはや梓には関係のないことだった。

そうこうしているうちに、老女はやっと赤ん坊を懐《ふところ》に抱えた。そして、そのままもと来た道を引き返していった。

あとで梓が確かめてみたところでは、老女は、そのあたりの元からの住人ではないらしかった。どういう経緯があってか、参道の入り口に小さな茶店を開いて、ひとりでそれを営んでいた。社の参拝客を相手にちょっとした食事や、供物の品を商《あきな》っている。

その社には、来歴は知れないながらに霊験《れいげん》あらたかな病癒神が祀《まつ》ってあるとのことで、始終大賑わいとはいかないまでも、人足が途絶えるようなこともないらしかった。ご利益をあてにして、遠方からも参拝客がやってくるらしく、かの神様の霊験は、他の誰より、この老女にこそ、あらたかだったようである。

赤ん坊を育てる余力は、じゅうぶんにあったとみえて、付近の女房にもらい乳などしながら、拾ったその日から赤ん坊を育てはじめた。

そこまで見届ければ、もうじゅうぶんだった。果たすべき役目は終わったとばかりに梓は港町を出て、もとの生活に戻った。自分を養うことのほか、何の責任も義務も負わない、浮き雲のような暮らしに。

怪しい女のことも、赤ん坊のことも、すぐに忘れてしまった。それが梓の習慣だった。何事も心に留め置かないように――それを徹底していれば、どんなことでも、過ぎたこととして簡単に切り捨ててしまえるようになる。そうすれば、何のわずらいもなく暮らせる。なにせ、長く生きているのだ。些末《さまつ》な過去など、いちいち抱えこんではいられない。

途中から覚えておくことが面倒になって、数えることをやめてしまった年齢は、とうに五百を超えているはずだった。五十年ほどで一巻の終わりとなる人間ならいざ知らず、過ぎたことにまともにかかずらわっていたら、とても耐えられるような重さではなくなる。


じっさい、どうしてあの赤ん坊の様子を見に行こうなどという気を起こしたのか。

はじめは自分でもよくわからなかった。ひょっとしたら、ああいうのを虫の知らせというのかもしれない。梓が、柄にもない気まぐれを起こして、ふたたびその港町を訪れたのは、赤ん坊を捨ててから、十年あまりがたった頃だった。

当時、薬の行商で生計を立てていた梓に、いつ、どこに行かなければという制約はなかった。かつて夜釣りを楽しんだ港町に、気軽に足を向けた。

ひとまず、町の中心地にある宿に落ち着いた。それからそこの給仕やおかみに、十年前に、町はずれの社で商いをしている老女が拾った娘を知っているか、と水を向けてみた。

まったく、何の苦もなく聞きだせた。

というのも、娘は、近隣に知らない者もいないほどの果報に恵まれたせいで、その動向は、いちいち一帯の噂《うわさ》になっていたのだった。

　年頃になった娘はまず、その器量の良さであたりの評判になったらしい。娘の顔をひと目見ようと考えた野次馬客のおかげで、老女の店はこれまでにはなかった賑わいをみせたそうである。しかしだからといって、娘を嫁にもらおうという男は出てこなかった。

　娘は、足が不自由だったからである。家のなかをいざって移動することくらいはできたが、外を歩くことはできなかった。当然、野良仕事もできない。魚を売り歩くこともできない。娘にできることは、せいぜいが店先に座って店番をし、その合間に手仕事に励むことくらいで、それでもなお娘の一生を引き受けてやろうという、奇特な男はあらわれなかったのである。

　当の娘は、我が身を不幸と嘆くこともなく、養い親である老女によく仕えた。やさしい気性で、養い親に対して、ひとつの口答えをすることもなかったそうである。

　老女は、名をカネといった。近所では、性格のきつい強欲婆《ばあ》さんとして知られており、赤ん坊を拾って育てはじめたときには、どういう風の吹き回しかと、人に不思議がられていたほどだったという。

　ともあれ、娘はカネの手によって、十五の齢まで、大過なく育てられた。カネがいよいよ養い子を売り出しにかかったのは、この頃である。

娘の美貌が評判になるにつれ、カネは娘を人目にさらすことを嫌うようになった。だんだん店に出さなくなり、しまいには家の奥で手仕事だけをさせるようになった。

手間をかけて大きくした娘を、ひょいとどこぞの馬の骨にさらわれてはかなわん、と危ぶむのはしかし、ありふれた娘の親がする心配で、もとより駆け落ちの気遣いもない娘を隠す理由を、皆、怪しんだが、やがて、誰かがこんなふうに言い出した。

足の悪いのを度外視にして、盗み出したくなるような美女に生い立ったからではないか――世の男たちにとっては、まことに夢のある解釈であった。

そうなると、噂ばかりが、どんどんひとり歩きをしはじめた。想像は膨らむ、しかし実際には、その美貌を垣間見ることすらかなわない。別段、何に責任を負うわけでもない大勢の人々が、見たこともない娘の容姿について、衣通姫《そとおり》か真間手児奈《ままのてこな》かと、まことしやかに語り散らした。

娘の評判は人の口の端《は》を伝わって、山を越え、川を越えていった。おしまいには、州都にまで及んだというのだから、たいしたものである。

カネは、なかなかの知恵者だったらしい。足の悪い娘を、少しでも高く売る計略を立てたのである。女をただ、愛玩物としてだけ養える男に的を絞って売り込みをかけたというわけであった。

その目論見はまんまと当たって、地位ある男たちもまた、カネが演出した現代のかぐや姫の物語に夢中になった。

このあたりで、おとぎ話もいよいよ佳境に入る。ついに、高いところからお召しがかかった。町長、群長を押しのけて、州長が店に使いを寄越したものである。南海州《なんかいしゅう》を治める、白川《しらかわ》伯爵。名実ともに、たいしたお大尽だった。足の悪いのは承知のうえ、側女《そばめ》のひとりにとのご所望だった。悪くはない――どころか、たいした出世だった。名もなき庶民の娘の身の上には、それ以上を望みようもない僥倖《ぎょうこう》だった。

はたして、この話に飛び上がって喜んだのは、カネだった。積み上げられた支度金に、何の異存もなしに飛びついた。でかした。これであの日あのとき、おまえを拾った甲斐《かい》があったというもの。

ところが、娘の表情は晴れなかった。奉公をしぶったうえ、あろうことか、こんなふうにカネに懇願《こんがん》した。

「どうかわたしを、このまま家に置いてください」

思いがけない娘の反抗に遭って、カネは目を剝《む》いた。こんないい話を断る馬鹿がどこにいる。何が気に食わないのか、何をどう説得してもだめだった。娘はけっして首を縦には振らないのである。理由も言わず、内職仕事に精を出すから、どうぞ考え直してくれと繰り返すばかりだった。

もちろん、カネは承知しなかった。話は当人不在のままどんどん進められ、ついに迎えの日がやってきた。娘は怯えた様子で、壁際に引き下がった。

伯爵の使者は、部屋の片隅にうずくまった娘を力ずくに抱え上げようとして——わっと声をあげた。熱いものに触れたようにして、彼女を放り出した。あとずさりしながら、娘を罵倒《ばとう》した。

「この、化け物！」

娘は、あたりまえの人間ではなかった。彼女は自分でそれを、ちゃんと知っていたのである。着物の裾《すそ》からのぞいた足は、人の足の形をしていなかった。何が原因で、いつからそんなふうであったか、思いもかけなかった成り行きに呆然としながら、カネは、無駄足を踏まされたと腹を立てる使者を前にして、弁解の言葉を持たなかった。

カネは娘の養育者ではあったが、彼女の心にも、身体にも触れてはやらなかった。なぜなら、拾ったときから情を移すつもりなどなかったから。品定めをして、いずれは金になると踏んで育てた、ただの売り物だったからだ。

娘が患《わずら》っていたのがどういう病なのかは、とうとうわからなかった。ただ、見る者に嫌悪感と好奇心を同時に抱かせる娘の異様な下肢《かし》は、売り出しに本腰を入れはじめてからおおよそ一年、都合十六年をかけたカネの『投資』を、あっけなく水泡に帰さしめた。

伯爵の申し出が引っ込んだかわり、ほどなく香具師《やし》から声がかかった。個人の愛玩の対象から一転、大衆の見世物にと望まれたのである。相手が変わっても、ふつうとは違う娘が、いびつな欲望の対象であることにはかわりがなかった。良きにつけ、悪しきにつけ、並みではないということは、人に過酷な運命をもたらすものらしかった。

伯爵が相手のときは高額の支度金を望んだカネも、今度は香具師の言い値で、あっさりと娘を手放すことを承知した。けちのついた商品を、売り損ねることを恐れたのである。よくできた話であった。

梓が町を訪れたのは、その売り渡しの、ちょうど前日だったのである。事実、ただの思いつきがもたらした時機の符合を考えれば、奇跡じみた成り行きだった。自分のようないいかげんな男でも、さすがに数百年も生きてきたとなると、たまさか人間離れした勘が働くことがあるらしい。我がことながらに感心した。

しかし、あとから自分の心のなかをよくよくのぞいてみれば、赤ん坊の生い先が、ずっとどこかで気になっていたようなのである。梓は、そのときになってやっと、自分がここに来た理由を自覚した。つまりは、柄にもなく、責任を感じていたらしいのである。

あの、満月の晩、女が頼むと言って差し出したものを、梓は確かに受け取った。受け取ったからには、責任が生じる。なのに、他人に放り投げてきて、それっきりだ。あれからどうなったのか、様子くらい確かめておいてはどうか。

梓の思いつきのもとになったのは、そういう考えだったらしい。つまり梓は、不完全なまま、放ったらかしにしてあった女との約束を遅ればせながら完遂するために、ここに戻ってきたようなのである。

となると、やるべきことはひとつきりだった。梓はさっそくその晩、カネの家に盗みに入った。

カネの家は、やたらと戸締まりを厳重にしてあった。裏木戸からはじまって、あちこちに二重、三重に鍵がかけてある。それを外すのに少々手間取りはしたが、それほど難しい仕事ではなかった。なにしろ、これまで食うためにやってきた仕事ときたら、数えきれないほどなのだ。その手の仕事についても、もちろん腕に覚えがあった。

しかしまさか、自分が女を盗み出す盗賊になるとは、考えたこともなかった。金は使ってしまえば、きれいさっぱり消えてしまう。後腐れがなくてすこぶる助かるが、これが人となると、そうはいかない。引き受けた責任がついてまわる。それはまさしく、これまで梓が細心の注意を払って、何をおいても避けてきた事態だった。それなのに、今夜、梓は自ら進んでそれを引き受けようとしている。自分で自分が信じられない。

どうにも奇妙な成り行きだった。

娘の居所はすぐにわかった。納戸から、弱い光がもれていた。ろうそくを灯して、夜なべ仕事をしているらしかった。

細い指先が、器用に紙片を束ねて白い花を形作っていく。このあたりで葬儀の花輪に使われる、白い造花だ。

梓が近づくと、娘が顔を上げた。幻でも見ているようなまなざしで、娘は見知らぬ男を見上げた。驚きもせず、声も立てず、じっと梓を見つめている。肝が太いというのとは違う。まるで、ふいに訪れた、自身の運命を見ているような顔つきだった。

何もかもを、すっかり諦めてしまった人のような、白い顔。

——たった、十六で？

娘はなるほど、きれいな顔をしていた。いつか見た、あの美女の面影がある。しかしあの女の、どこかしら人を不安にする、凄いような美貌とは様子が違っていた。娘はあたりまえの人間らしい、やさしげな顔つきをしていた。カネがあのような計略を練ったのも、むべなるかな、娘はじっさい、たいした美人だった。

着物の裾から、問題の足がのぞいていた。こちらは、想像以上に異様なありさまをしていた。伯爵の使者が、尻に帆かけて逃げ帰ったのも、これまた無理もない。

梓の視線に気づいた娘は、顔を赤くして足を着物の裾に引っ込めた。

梓は思わず訊《き》いていた。

「おまえ、いったい何を食った」

娘はきょとんとした。問いの意味がわからなかったらしい。

「何か妙なものを食ったせいでそうなったんじゃないのか、おまえ」

娘は首を振った。

身体に厄介な呪いを背負った人間が皆、妙なものを食べたからだとは限らない。そんなあたりまえの考えにようやく思い至って、梓は言葉つきを改めた。

せいぜい体裁を繕《つくろ》って、娘を誘った。

「じつはな、俺はおまえを助けに来たんだ。どうだい、一緒に来ないか。おまえを自由にしてやる。おまえは明日、香具師に買われていくことになっているんだろう? だが、そんなのは嫌だろう? じっさい、何をされるか、わかったものじゃないからな。人買いってのは、鬼より残忍なのが通り相場ってもので——」

ところが、娘は梓の言葉を途中でさえぎった。しかも親切この上ない申し出を断った。

「いいの。これが、わたしのさだめだから」

「さだめだと？」

どういうわけか、娘の言いようがひどく癇《かん》に障《さわ》った。

こんなことならあのとき、道端になんぞ捨てずに、海に沈めておけばよかった。きっちりと殺しておいてやればよかった。それがあのとき、自分が真に負うべき責任だったのかもしれないと思った。

いっときの同情心など、何の役にも立たない。これまで生きてきて、骨身にしみて学んだ教訓だった。だから、他人の人生に余計な手出しはしない。その原則に忠実に生きてきた。そうしておきさえすれば、誰も痛い思いをせずに済んだのだ。この娘にしても同じことだ。もしあのとき、自分がその原則を逸脱したりしなければ、そうしたら、この娘にこんなにつらい思いをさせずに済んだのだ。

それなのに、この期に及んでなぜ自分は、この娘を『助け』ようとしているのか。当人はそれを望まないと、こうもはっきり言っているのに。

――俺がしようとしていることはただの自己満足だ。

突然、はっきりとそれを自覚した。

――娘を救い出す？　それでどうするつもりだった？　おまえはそのあとの責任を負えるのか。

梓は子供のお守りをしている自分を想像してみた。らしくもなさすぎて、たちまち気が重くなった。

娘が口を開いた。とても小さな声だった。

「わたしはずっとここにいたかった。他の場所では暮らせそうにないから。お母さんはあまりやさしくはないけれど、好き。捨てられたわたしを、ここまで育ててくれた人だもの。感謝してるの。だから内職仕事、一生懸命やったわ。だけど、こんな足だし、もうあんまり役には立てないし、どうしたらいいのかわからない。

いいえ、ほんとうは、わかっているの。お母さんが言うの。おまえは穀潰《ごくつぶ》しだって。だからせめて、いくらかのお金にでもなれば。少しでも恩を返したい。わたしが売られれば、そのぶん、お母さんが助かるんだもの」

おしまいまで聞かずに怒鳴りつけていた。

「馬鹿か、おまえは！」

思わず大声を出してしまったのはしかし、まったくの失策だった。

すぐに奥の間の襖《ふすま》がガタピシと鳴って、血相を変えたカネが飛び出してきた。鬼の形相で、手にした箒《ほうき》を振り回しながら叫んだ。

「この娘ときたら、いつの間に男を引き込んだやら。一人前の働きもないくせに、食うことと男をたらすことだけは一人前なのかい。おまえなんぞ、拾うんじゃなかった。これまでの食い扶持《ぶち》だけでも大損だよ。顔がきれいなのを見込んで育てたけれど、病気にはなるし、ろくな役にも立ちゃしない。よりによって病気治しの神様のお膝《ひざ》元に、奇病にかかった娘とはね。おまえはとんだくわせものだよ」

頭に血がのぼった。気づいたときには、カネの金切り声をかき消してしまうほどの大声を出していた。

「いくらだ」

「何だい、このあたしを脅す気かい。巡査を呼ぶよ。図々しい泥棒め！」

「うるせえ、聞いてることにさっさと答えやがれ。あいつらに——香具師どもに娘をいくらで売る気だ」

「二百円だよ」

カネは憎々しげに吐き捨てた。

答えを聞く前に、梓は胴巻から金をつかみだしていた。カネの足もとに叩きつけた。ろうそくが作る薄明かりのなかに、何枚もの札がぱっと舞い散った。

「この娘は俺がもらう。これは結納金だ。それだけありゃあ、文句はないだろう」

カネはハッとして、その場に屈みこんだ。憑《つ》かれたように金を拾い集めはじめた。梓は娘を抱え上げて、おもてに出た。カネは追ってこなかった。

梓は娘をおぶって、やみくもに歩きだした。ずいぶん、軽い。飯代がかかってたいへんだったと嘆くほど、じゅうぶんに食べさせてもらっていたようには思えなかった。

「心配しなくていい。婆さんの手前、ああは言ったが、おまえをどうこうしようとは思っていないからな。じつは、むかし、おまえのおっ母《か》さんに頼まれていたのをすっかり忘れていたんだ。すまなかったな。おまえはどこにも売られやしない。晴れて自由の身だ。今日からは、誰に遠慮することもなく自分の身体をどうとでも好きにできるぞ」

「あなた、おかしなこと言うのね」

娘が笑ったので、梓はむっとした。

「ちっともおかしくないだろう」

「おかしいわ。わたしはもう、家なしだもの。売られずに済んだからって、生きていけやしないわ」

「だから俺が――」

言いかけた梓を、娘がさえぎった。

「ずっとわたしの面倒見るなんて、困るでしょう？　わたし、一人前じゃないもの。働けないもの。なのに、ごはんはひとり前、きちんと食べるもの」

娘の言おうとしていることを理解したとたん、ひとときに頭にのぼっていた血が、すっと引いた。娘は、足手まといになる自分を、どこかに捨てていけと言っているのだ。

それはさっきまで、心のどこかで梓自身が考えていたことだった。不心得な本心をのぞかれたような気がして、梓はまごまごした。威勢よく自由にしてやるとは言ったものの、娘に指摘されたとおり、そのあとのことはまったく考えていなかったのだ。

「お、俺の……女房にするって、さっき言ったろう？」

言いながら、内心では面倒なことになったと思っていた。娘はそんな梓の内心を見透かしたように笑った。

「無理しないでいいのよ。ああいうのを、売り言葉に買い言葉っていうんでしょう？　なんの役にも立てないわたしの面倒を見なきゃいけない義理なんてあなたにはないんだし、一時の気分が言わせた自分の言葉に縛られて無理をしても、じきにつらくなるわ。きっと後悔する」

ところが、そんなふうに言い切った娘に、意外なほどの反発心がわいてきた。

「しない」

「嘘。わたしの名前も知らないくせに。奥さんは、そんなふうに思いつきで決めるものじゃないわ。自分に合った人をちゃんと選ばなきゃ」

自分には縁のない結婚について、真面目に考えていたらしい娘が憐《あわ》れだった。おかげで思いもかけず、のどが詰まった。得体の知れない感情が、梓の胸を苦しくした。不快だった。にもかかわらず、それを追い払えないもどかしさに、知らず、口調がぞんざいになった。

「何て言うんだ?」

「え?」

「名だよ、おまえの」

「……イト」

「イトか。よし、覚えたぞ。さあ、イト、これで名前も知らない仲ってわけじゃない。俺はたったいま、相棒として確かにおまえを選んだ。だから遠慮するな。してほしいことあったら何でも言え。いますぐに聞いてやる」

少し、無理をして言った。

娘はしばらく黙り込んで、何か考え込んでいるようだったが、やがて答えた。

「だったら、ひとつだけ。お願いがある」

「なんだ、思ったより聞きわけがいいじゃないか」

拍子抜けしながら笑った梓の耳もとに、娘は小声で告げた。

「あなた、人を殺したことがあるでしょう?」

「なんだ、藪《やぶ》から棒に」

気味の悪い娘だと思った。なぜ知っているのだろう。これまで、梓はときどきの事情で、何度も従軍したことがあった。もちろん、人を殺したことも。

「人殺しと一緒には行けないか」

「そうじゃない」

強い口調で否定した。まるで『そのとき』の梓の事情を知っているみたいに。それから、消え入りそうな声でつけ加えた。

「わたしをうまく殺してほしいの。できたら、あまり痛くないやり方がいい」

いったんは落ち着いていた血の気が、ふたたび頭にのぼった。怒りとも失望ともつかない感情のせいで、一瞬、目の前が暗くなった。

イトは自分の立場をよくわきまえていた。唯一カネに教えられた世間並みのものさしで、正確に自分の価値を測っていた。

自由になったところで、女で、子供で、宿無しである。おまけに、赤ん坊のように這いまわることしかできない。親身になってくれる身寄りもいない。生きていたって、お先真っ暗だ。

──まあ、そうなるわな。

梓はため息をついた。当人が死にたいと言っているのだ。まさに渡りに船、厄介事を放り出す、もってこいの機会──であるはずだった。

なのに、少しもうかれた気分になれない。

──おかしい、ここは厄介払いができてせいせいするところだろ。本人がそうしたいって言ってるんだ。何も躊躇《ちゅうちょ》することはない。どぶんと海に投げ込んでしまえば、すっきり片がつく。八方まるく収まるというものだ。

そう、自分に言い聞かせた。

そのとき、いよいよ覚悟を決めたものか──それまで梓の肩に強くしがみついていた娘の手から、すっと力が抜けた。梓は娘を落っことしそうになって、あわてて背負い直した。

その、年齢の割にずいぶん小さな身体から、かすかな震えが伝わってくる。

すっかり割り切ったようなことを言っても、やはり死ぬのが怖いらしかった。梓が、とうに忘れてしまった感覚だ。死。この世界から出ていくこと。

それが良いことなのか、悪いことなのか、悲しむべきことなのか、喜ぶべきことなのか、梓にはわからなかった。しかし、何者かの勝手気ままにこの世の出入りを制限されることに対しては、いつでも強い反発を覚えずにはいられなかった。

出ていきたいのに出ていけない自分と、出ていきたくないのに、出ていかざるをえない娘——梓は、舌打ちをした。

——気に入らねえな。

またぞろ、反抗的な気分が膨れあがってきた。運命に対する不満——怒りだ。

気に染まないことを斟酌《しんしゃく》もなく押しつけてくる運命。娘は従容《しょうよう》として、それを受け入れると言った。あのとき、感じた嫌悪感——その理由が、やっとわかった。梓は『さだめ』という言葉が嫌いなのだ。

自分はなぜ死なないのか。無理やりに背負わされた際限のない時間。誰にともなく何度も訊《たず》ねた。

どうして、自分は生きなければならないのか。

答えはなかった。あたりまえだ。運命に人の言葉が通じるわけがない。ここで娘が人生をたたむことは、たぶん、順当な成り行きなのだろう。まさに、さだめである。

——だったら、俺は。

さだめなんぞの言いなりになってやるものか。娘がこの世界に見捨てられるのが運命の意志だというのなら、自分が拾ってやる。忌々《いまいま》しい運命ごときに、おとなしく従ってなどやるものか。そんなふうにひとり決めしたとたん、唐突にひとつの答えが、梓の空っぽの胸のなかに到来した。強烈なかがやきをもって。まるで啓示のように。

——ことによると、自分が生きてきたのは、この、さだめというやつに逆らうためなのかもしれん。

運命に逆らうこと。それこそはたったいま、この無力な娘を生かすことなのだった。

——そうだ。その気になれば、娘ひとりくらいは養える。まてよ、ちょうどいい組み合わせじゃないか。婆さんと違って、俺はこいつより先に死ぬようなことはない。齢をとって働けなくなることもない。都合のいいこと、この上なしだ。

じつに、初めての経験だった。ずっと重荷でしかなかった、不老不死の呪いをありがたく思ったのは。あるいはそれは、やり慣れない善行がもたらした、一時の気の迷いだったのかもしれない。しかし、そんなことはどうでもよかった。

梓は娘に聞いた。

「ほんとうは、生きていたいんじゃないのか?」

娘は答えなかった。だから質問を変えた。

「もし俺が、生きていてくれって頼んだら、その気になってくれるか?」

娘はあいかわらず返事をしなかったが、梓はかまわず言葉を重ねた。いつのまにか、娘を説得することに懸命になっていた。

「そしたら、おまえが婆さんになって死ぬまで、俺が飯を食わせてやる。座っていてもできる仕事だって、楽しみだって、いくらも見つけてやる。何度も家移りしなきゃならないだろうし、人から奥様って呼ばれる身分にはとてもしてやれないが、食いもんの不自由だけはさせない。いや、させないように……何とかする」

梓は決意を固めた。およそ数百年にわたって自分に課してきた戒めを破った。迷いをふっきるように、思いきり大きく息を吸い込んだ。

「おまえは家がないから生きていけないって言う。だったら、かわりに俺がおまえの家になってやる。ずっと、ずっとだ」

やはり返事はなかった。かわりに、娘の顔がぎゅっと背中に押しつけられた。

梓は思わず身震いした。背中の真ん中のあたりが、生あたたかく濡れはじめたからだ。おしまいには、赤ん坊に小便を漏らされたみたいに、びしょ濡れになった。

女子供に泣かれるのはかなわない。相手の悲しみが冷たい雨みたいに、身の内に沁《し》み込んでくるような気がするからだ。寒気がして、逃げ出したくなる。しかし、頼りなく背中にくっついている娘を放り出すわけにもいかず、梓は、おろおろしながら身体中のポケットを探った。

子供を泣きやませるにはたぶん……、

た。

――何はなくても、食い物だ。

腹が減ると泣きたくなるという自分の経験からひねりだした、至って単純な対処法だった。

梓は、やがて探りあてたキャラメルの箱を取り出した。梓の体温でやわらかくなった、生あたたかいキャラメル。しかしその効果は、てきめんだった。ふたりでとろけたキャラメルを舐《な》めているうちに、いつの間にか湿っぽい気分はどこかへ消えていった。

月は明るく、夜風は心地よかった。海岸沿いの道に、イトをおぶった梓の影が長くのびていた。

「わたし、あなたの名前をまだ知りません。あなたのこと、何て呼んだらいい？」

イトに訊かれて、梓はキャラメルの甘さでいっぱいになった口を開いた。

「名は梓。姓は蔵戸。何の謂《いわ》れもない氏《うじ》だが、最近じゃ、誰にでも氏名が必要になったからな。呼び方は、好きにしろ。小父《おじ》さんでも、お父《と》っつあんでも」

「じゃあ、梓さん。梓さんって呼びます」

イトに言われて、梓の心臓が、思いもかけず大きな鼓動を打った。

その場限りに名乗ってきた数えきれないほどの偽名ではなく、梓がまだ、常人だった頃の名前。その名で呼ばれたのは、じつに百年ぶりのことであった。

「そういうわけで、俺に相棒ができた。齢《よわい》、数百にして、初の快挙だ」

梓は厳《おごそ》かに宣言すると、そこですっぱり話を切り上げようとした。

ひとまず物語に一区切りがついたからだったが、いつの間にか、夜見坂《よみさか》を眠らせるどころではなくなっていた。きらきらと瞳をかがやかせた少年は、少しも眠そうではない。

――子供のくせに、いやに目の堅いやつだな。

しかも厄介なことに、この熱心な聞き手のまなざしは、あきらかに話の続きをせがんでいるのだった。片時も梓の顔から目を離さない。

　期待いっぱいの瞳に見つめられて、梓は居心地が悪くなって、胡坐《あぐら》を組み直した。こちらはこちらで、力ずくに話をたたみにかかった。

「さあ、昔話はこれでおしまいだ。いい子だから、早く寝な。俺もこのへんでひと眠りさせてくれ。いいかげん、くたびれた」

しかし予想どおり、というべきか。聞き手は、おとなしく引き下がったりはしなかった。

「それで、そのあと、おふたりはどうなったんでしょうか」

いま言ったことを、まったく聞いていない。それとも、聞こえなかったふりをしているのか。しつこいうえに、図々しい。ぜったいに続きを聞くと決めてかかっている。

「おまえ、人の話をちゃんと聞いていたか。俺は、寝ろ、と言ったんだ」

「だけど、お話はまだ終わっていません」

「終わりだよ」

「いいえ。あなたとイトさんがコンビを組んでから、いまに至るまでの話が残っています」

男は、わからないという顔をした。

「そんな話を訊いて、何をどうしようって言うんだ」

「おもしろがるつもりです。あなたは、おれの知らないことをたくさん知っている。だから、あなたの話を聞くのはすごく愉快だ。ものごとの秘密は細部に宿る。人の世を知るための鍵は、いつでも人自身のうちにあるんです」

梓は返答に困って、ごしごしとあごをさすった。ぼそりとつぶやいた。

「ずいぶん小難しいことを言い出しやがったな」

「まえに、何にでも答えてやるって言ったじゃないですか」

「うん、言ったな」

男は大息をはいた。いかにも面倒そうに、しかし正直に夜見坂の言い分を認めた。

「わかったよ。しかし、細かいことをよく覚えていやがるガキだな。さあ、言ってみろ。どのあたりのことが聞きたい」

夜見坂は、いそいそ膝を正した。それから話の続きをせがむときに誰もが使う、お定まりの文句を口にした。

「それから、どうなったんですか？」

　梓はうんざりしながら口を開いた。

「見てのとおりさ。ちょいと思うところがあって、カミサマ業をはじめた」

「神様業？」

「神様じゃないぞ、カタカナのカミサマだ」

「何だか、胡散《うさん》くさいんだな」

「いかにもそのとおりだ。なにせ、似非《えせ》神様だからな。人の分際で、仮にも神を名乗ろうっていうんだ。あつかましいのは百も承知。しかし、こちらは不老不死の化け物だ。常人がやらないことを試してみたところで、何の障りがあるものか。あとどのくらい、この世に留め置かれることになるのかはわからないが、そのあいだ、せいぜい似非神を名乗って、風流に生きることにした。さして愉快でもない世を渡っていくには、どうしたって楽しみが必要だからな」

「おれをしあわせにしてくれる、っていうのは、そういうことだったんですか。求婚じゃなくて」

夜見坂は、ほっとしたように表情を緩めた。あらぬ誤解に、梓はあきれて顔をしかめた。

「何が悲しくて、男に求婚する男がいる」

「いいえ、だって、世の中にはいろんな人がいるものでしょう？　あなたを傷つけない断り文句が見つからなくて、ちょっと困っていたんです。

それに、じつを言うとおれ、不老不死の人と話すのも今回が初めてで」

「そりゃそうだろうな」

梓は笑いながら言った。

「俺みたいなのは、そうざらにいるものじゃない」

「はい。お金持ちを騙《だま》して大金を失敬したり、身内に人生を盗まれた子供を拾って、しあわせにしようとしたり、確かに、世に有難いカミサマだな。一般的な神様って、呼んでも、助けを求めても、何の返事もしてくれないのがふつうですから」

「ああ……」

夜見坂の言葉に、梓はふっと笑みを消した。

「そりゃあ、皮肉かい？　しかし、前半分は事情やむなしだ。なにしろ、俺は時間ばかりは腐るほど持っているが、金のほうはからきしでね。

これまで、それなりに場数を踏んできたし、要領も身につけてきたつもりだが、残念ながら、金持ちにも名士にもなれないことがはっきりした。

なにせ、決まった名を名乗れない。特定の人物と長くつき合えない。固定した居場所を持てない。一定以上の間、ひとりの人間として生きることができないんだ。どこまでも名無しの存在でいなけりゃならん。常人のように、自分の正体をはっきりさせるわけにはいかないのでな。いわば、影のように暮らすことを強いられている身の上というわけだ。

しかし、それに文句をつけてもはじまらん。俺が常人の範疇《はんちゅう》から大幅に外れた存在であることは、紛れもない事実だしな。

とにかく、金もうけに励むには、至って不利な体質なんだ。とはいうものの、このご時世、何をするにも先立つものが必要だ。諸々《もろもろ》の費用捻出《ねんしゅつ》のためには、このさい、多少のいんちきには目をつぶってもらわなきゃならんね。それに、俺のほうでも大金をいただいた顧客には、それなりの見返りを与えているつもりだぜ。

安らかな晩年。

どうせこの世を去らなければならんのなら、しまいまでこの世への執着を手放せずに恐怖とふたり連れ、っていうよりは、いくらか都合がいいってものだろう。

何がどうなっているのかわからんが、俺の血液には、三月《みつき》の間に難儀な記憶が片っ端から消えていくっていう効果がある。ついでに、恐怖や痛みもきれいさっぱり消えてなくなる。つまり、病人の肉体に、生きていくための苦労をすっかり放棄させる力があるんだな。

ふつう、人の肉体はぎりぎりまで生に執着するから、いきおい、精神も最後までその力にひきずられて絶望的な終末につき合わされるはめになるわけだが、そんな苦しみともきれいさっぱり縁がなくなる。この『薬』を、ほんのひと匙《さじ》ぶんほども口に入れてやれば、にわかに心身の聞きわけがよくなるってわけだ。ほどなく、今生ついにここまでと割り切って、やすらかな心持ちで、生命を思いきりよく手放す仕儀になる」

「そうか。あの手品は客に、生き肝と一緒にあなたの血を服用させるための手数だったんですね。あなたの血液を摂取した客はやがて心身の平安を得、さらに月が三度巡る頃に、安らかな死を迎えることになる。性格が変わったあげくの平穏な死は、そういう仕掛けで起きていたのか」

夜見坂は納得したようにうなずいて、おもてをうつむけた。

「有難きカミサマにして、慈悲深きシニガミでもある——さすがは不死者だ。いざとなると、きっぱり冷徹なんだな。そういうところ、本物の神様に似ているような気がします。だけど、変に実際的なところはやっぱり、神様離れしてる」

夜見坂の言いぐさに、梓は唇をゆがめた。

「褒めているのか、けなしているのか、よくわからん言い方をするね。

しかしまあ、カミサマだからな。その程度の評価でじゅうぶんだ。紛い物につき、独善御免。なにしろこちらは、全知でもなければ、全能でもない。大方のところは、できることしかできない、しがない人間なんだからな。

ともあれ、自分の側に立ってくれる何か良いもの、あたたかいものを、カミサマだと呼びたいのが人情だろう？　せいぜいそういうものに近づけるよう、精進している。

いいかげん長く生きて、世の中のことは知り尽くしたつもりでいたが、思いがけないことというのは、いくらでも起こるものらしくてね。必死で探していたうちは見つからなかったものが、諦めたとたんに、あっさり見つかった。まさか、カミサマごっこをすることで、あの地獄から救われるとは思わなかった」

「運命はあなたを殺すことではなく、生かすことを選んだんだ。生きがいを与えて」

夜見坂の大仰な言いように、梓は苦笑した。

「運命とかさだめとかって言葉は嫌いなんだがな、まあ、そういうことになるのかね。俺はそれまでずっと、人の営み――生きていることに意味なんかないと思っていた。じっさいあんなもの、悪夢も同然――でなくても、いいところが自己満足だ。しかしな、そういうつもりでいると、人生がいかにもくだらなくなる。なぜなら、人の世ってのは、大方、想念でできているものだからさ。価値を作り、それを信じることで成り立っているのが世の中だ。つまり、実体がない。しかし、だからこそ自由だ。実がないからこそ、好きに作り変えることだってできる。ようするにな、ないものは、自分で好きなように作ればいいんだよ。人には、良き物語が必要だ」

「そしてこれが——あなたの描いた物語なんですね」

夜見坂がうっとりとしたまなざしを上げた。

「そのとおり。俺は押しつけられた暇に任せて、この世で自分にできる限りの『良い物語』を書くことにした。人の世の物語を綴《つづ》ることこそ、神の本領ってものだろう?」

「確かにそうですね」

「というわけで、相談だ。残念ながら、おまえは身内に売られた身の上だ。この状況を遊び半分の旅行だと思いたい気持ちはわかるが、そろそろ現実も見なきゃならん」

夜見坂はまばたきをした。

どうやら梓は、納豆公爵《なっとうこうしゃく》ごっこをしているという夜見坂の話を、まるきり信じていないらしかった。確かに、いくらか信じがたい話ではあるかもしれないが、それでも不老不死の男の物語と比べると、かなり平凡な内容である。

自身、少しもありきたりでないにもかかわらず、梓は、目の前の少年の異常さをみじんも疑うこともなく話を続けた。

「しかし、がっかりすることはないぞ。おかげで、おまえはカミサマに未来をねだる幸運に巡り合ったわけだからな。これぞめったにない果報、ときならず天上から地獄に差しおろされた金の梯子《はしご》って塩梅《あんばい》だな。当然、乗るよな。乗らない手はないぜ。ほんとうならここで、相棒のおイトが、適当な助言をくれるはずなんだがな、今回はどういうわけか、勘が働かないっていうんだから仕方がない。どうするかは自分で考えろ。ほら、望みを言ってみな。ただし、具体的じゃないとだめだぞ」

梓は勢い込んで訊ねた。

ところが、夜見坂が見せたのは、『いまみっつ』くらいの反応だった。すこぶる食いつきの悪い夜見坂の態度に、梓はひととき、けげん顔になった。

が、やがてそうかと手を打った。

「ああ、その前に肝心なことを確かめるのを忘れていたな。まずは生きる気があるのかどうかを確かめておくべきだった。どっちが正しいというわけじゃなし、ここは正直に言っていいぞ。生きていたいか、それとも、生きるのはもうたくさんか？　しかし、安易に結論を出す前にまず、環境を変えてみることだぞ。気分ってやつは、環境の影響をてきめんに受けるから――」

「おれは断然、長生きしたい派です」

「なんだ、若いうちに世を去るのが望み、ってわけでもないのか。そんなら、もっとうれしそうな顔をしろよ。よし、よし。そういうことならあらためて、その先の話をしようぜ。おまえはどこへ行きたい？　何を学びたい？　どんな技能を身につけたい？　どんな教師のもとで修業したい？　たいていのことならかなえてやれるぜ。似非神とはいえ、カミサマを名乗る以上、誠心誠意やらせてもらう。親兄弟に捨てられた、拠り所のないおまえに、『家』をやる。ほら、どうだ」

「その前に、訊いておきたいことがあります」

「なんだよ、いちいち人のやる気に水を差すやつだな」

「しあわせにしてもらったら、おれはあなたに何をお返しすればいいんでしょうか」

夜見坂の質問に、梓はあんぐりと口を開けた。かと思うと、一転、真面目な顔つきになって夜見坂を見た。

「おまえ見かけによらず、ずいぶん大人びたことを言うじゃないか」

「だって、話がうますぎるんだもの」

「言われてみればそのとおりだな。結構。この頃の人間は、そのくらい用心深くてちょうどいい。

だが、安心しろ。見返りなんぞ誰が要求するものか。カミサマは悪魔とは違う。言ってなかったか？　これは俺の道楽なんだ。道楽ってのは、自分のためにやることで、たいした目的もなく、それ自体を楽しむものだ。生活を楽しくするためにな。

世間の踏み石になるはずだった子供を拾って、この世もまんざら捨てたとこじゃないって思わせてやる。運よく一人前になれたらおなぐさみ、せいぜいまっとうに生きて、できるときに、できるぶんだけでいい、他人に親切にする人間になってくれれば御の字だ。

自分の憶《おぼ》えに照らして言うんだが、誰かに助けられた経験っていうのはな、ほんとうにいいものだ。どうだい、世に蔓延《まんえん》する金権主義に真っ向逆らう、愉快な思いつきじゃないか。そもそもが見返りを求めてやることっていったら、それは楽しみじゃなくて、労役だろうよ。おもしろくもない。

無駄でも何でも、俺は気に入らねえものには与《くみ》しない。せいぜい、無意味な反抗を続けてやるさ。しかしこれは他の誰のためでもない、どこまでいっても自分のためでな、ようは、長すぎる人生に退屈せずに暮らす工夫なんだ。傍目《はため》にはつまらなく見えるようなことに手間暇かけて、精魂傾けるのが、生活の味ってものだろう？」

「何だか、土竜《もぐら》小僧が言いそうなせりふだな」

「講談本か。しかし、俺は義賊じゃない。どっちかっていうと……詩人だな」

梓の言葉に、夜見坂はふっと黙り込んだ。すこぶる深刻な顔つきになって。

それきり、ずいぶん長い間黙ったままでいる夜見坂に、梓はとうとう不審の目を向けた。

「どうした、具合でも悪くなったのか」

「いまの言葉、どういう意味か考えてみたんですけれど……よくわかりません」

「……ただの冗談だよ」

ああ、という顔をした夜見坂から表情の失せたおもてを背けて、梓は時刻を確かめた。

「さあ、今度こそ話は終わりだ。

あと一時間もすれば、大港に着く。刑事につきまとわれちゃかなわんから、いったん大陸にでも渡るかな。ともかく、いま言ったこと、考えておけよ。眠れないならおイトに相手をしてもらえ。俺の無駄話なんかより、よほどためになる話が聞けるだろうぜ。

ともかく俺はひと眠りする。ああ、もう眠くて眠くて辛抱たまらん」

今度こそ子供のわがままには耳を貸さんとばかりに、ごろんと船底に横になった梓は、床板に頭がつくかどうかの瞬間から、高いびきをかきはじめた。あまりの寝つきの良さに、彼のここ数日の勤勉な働きぶりが察せられた。

饒舌《じょうぜつ》な語り手を失って、船上はつかの間、透き通るような静けさに包まれた。あいかわらず白い波の軌跡を曳《ひ》いて、船は進んでいく。単調なエンジン音に、ときおり、笹の葉擦れに似た涼しい音色が加わった。海をわたっていく風が、波頭をなでていく音だ。

海上の静寂と、眠りを誘うような機械音の繰り返しのなかで、イトが言った。

「この人は、わたしのカミサマなの」

重大な秘密を打ち明けるようにささやいたイトは、はにかむような微笑を浮かべていた。

「これまでに、手助けをしてきた、どの子よりも、わたしにとって、カミサマなの。うぬぼれているみたいに聞こえるでしょうけど、この人がこんな仕事をはじめたのは、わたしのためらしいのよ。わたしがわたしを嫌わなくてすむように――この世界で過ごす日々を、意味のあるものとして生きていけるように。

あなたはさっき、世の中にはいろんな人がいるって言っていたけれど、それ、ほんとうね。じつは、わたしもそうなの。外見以外にも、ふつうではないところがある。

ちょっとばかり、変わったものを見ることができるのよ。だからって、実際的な生活をするのには、何の役にも立たないけれど。

だけどね、梓さんはそんなわたしに、ちょうどいい仕事を与えてくれた。とても楽しい仕事よ」

「カミサマの、お手伝いですね」

「そう。やっぱりお金にはならないけれどね。かかわった子の、未来を予測するの」

「占い、ってことでしょうか」

具体的な想像が及ばず、首をかしげた夜見坂に、イトはうなずいた。

「ええ、そんなところ。だけど、わたしのは、それよりずいぶん精度がいいの。もちろん、人の未来なんて、わからないものよね。確かにそう。正確な未来を知ることは、きっと人の力の及ばないこと。

だけどわたしは、人の未来に、ほんの少しだけ、近づくことができる。あらかじめ、手がかりが与えられているからよ。わたし、人の過去を『見る』ことができるの。

過去を知っていれば、未来を予測するのに、いくらかの助けにはなるでしょう。本物の神様でもなければ、未来は過去から推察するしかないんだもの。

彼や彼女が、どんなふうに育った、どんな性格の子なのか。どんな仕事に向いているか。どんな人と一緒なら、うまくやっていけるか。わたしの見たものを参考にして、梓さんがしかるべき人や場所にその子を委ねるの。場合によっては、しばらく一緒に暮らしたりもする。

わたしの目がおかしなものを映すようになったのは、ちょうど、この足の形が醜《みにく》く崩れはじめた頃だったわ。こんなふうにじっと見ているとね——」

言いながら、イトは夜見坂のほうに、かすかに細めた目を向けた。

「人の背後に、写真みたいな絵が見えるようになったの。はじめはそれが何なのかわからなかったのだけれど、そのうちに見当がついた。その人の、過去らしいのよ。その人がその齢になるまでの環境とか、性格を形作った原因が、絵の形になって見えていたのね。

最初に見たのは、お母さんの過去だった。わたしの養い親だった人は、小さいときに怖いところに売られたの。それから、嫌な思いをたくさんして、自分以外、何も信じられない人になった。そして、お金だけを頼りにするようになった。だから、わたしを売ることも平気だったの。いつか自分がされたことだもの、お母さんにとっては、あたりまえのことだった。

売られることになって、すごく悲しかったけれど、それで諦めがついた。お母さんがそんなふうにしか生きられないのは、仕方がないんだって思った。わたしが売られることは持って生まれたさだめなんだって。

それが間違いだって教えてくれたのは、梓さん。

梓さんの『絵』を見たときはびっくりしたわ。お母さんとは違って、凄い量なの。それが、ずうっと後ろに長く尾を引いているの。これまでに見た、どんな人の絵とも違っていてね、それが不老不死の呪いのせいだって知るまで、どういう人なのかぜんぜんわからなくて、ちょっと怖かった。この人の正体は、鬼か妖怪なんじゃないかって。そのうちに頭からばりばり食べられる日がくるんじゃないかって」

イトは、童女のように笑った。

「そんなこと、わたしみたいな半端者に言われたくないわよね。梓さんだって。

それから、ずいぶんいろんな人の絵を見てきたわ。

だけど、そんなふうにふつうとは違った絵を背負っている人は、梓さん以来……あなたが初めてよ。少しも未来に予測がつけられない。あなたの絵には何か、覆いのようなものがかけられていて——よく見えないの。

だけど、はっきりと見えている部分もある。そうね、ここ十年ほどの記憶。あなたは、わたしたちの助けなんて必要がないくらい、しあわせな人。帰るべき家が、ちゃんとあるのね。

これじゃあ、あなたに適当な居場所を提供できそうもないし、その必要もないみたい。わたしたちはもともと『家のない』子を相手にしているのだけど、どうしてだか、今回はどこかで手違いがあったみたいね。だから——」

イトは陽の光を透かし見るようなまなざしを、夜見坂に向けた。

「まっすぐお家におかえりなさい。もう少し先に行ったところに、小さな入り江がある。船をつけてあげるから、そこで降りるといいわ。梓さんにはちゃんと事情を伝えておいてあげる」

「あなたは、どうするんですか」

「もちろん、また旅に戻るわ。わたしたちは、いつも良き物語とともにある。悪い物語のなかにあっても、繰り返し、繰り返し、良い物語を語り続ける。少なくともわたしはそうするつもりでいる。だって、初めて梓さんにそれを聞かせてもらったとき、とてもうれしかったから。あのときのこと、よく憶えている。いまでもこうして、誰かに話さずにはいられないくらい」

「カミサマの助けが必要な誰かを、探しに行くんですね」

まだ明けやらぬ暗い空と海を背景にして、イトはにっこりと微笑《ほほえ》んだ。


暗闇の濃度が、急速に薄まりはじめた。頭上を覆う大気に満ちた光の気配が、見る間に夜の比重を軽くしていく。光に追われて、夜が退いていく。

明けはじめた空の下、夜露にしっとりとシャツを湿らせながら、千尋《ちひろ》はようやく街にたどり着いた。

途中、小さな集落をひとつ見つけた。いちばん大きな家を訪ねて、電話はないかと訊いてみたが、露骨《ろこつ》な迷惑顔を向けられただけだった。村に電話はなかった。おかげで貸し自動車を頼むことも、警察を呼ぶこともできず、やはり歩き続けるより他に方法はなかった。

結局、夜どおし歩き続けることになった。

濃い霧に包まれた街並みは森閑《しんかん》として、どの建物も、いまだ眠りのなかにあった。

遠くでカラスが鳴いていた。明け方の冷え込みが、徐々に緩んでいく。

人気《ひとけ》のない街のなかをしばらくさまよって、警察の建物を見つけたときにはすでに、空の東端が白みはじめていた。

駅の方角から、始発を告げる汽笛の音がかすかに聞こえた。

田舎の施設らしく、民家の片端に付け足しのように造作された、ごく小ぢんまりとした交番だったが、ともあれ警察である。千尋は、閉ざされた表戸を思いきりよく叩いた。

奥でガタガタと物音がして、やがてそろりと戸が開いた。その隙間から、半白頭の男が眠たげな顔をのぞかせた。宿直の巡査だと思われた。まだ寝間着姿の彼は、定年も遠からずといった風情の、年かさの警官だった。犯罪者を相手にするには何だか心許《こころもと》ないような風貌だったが、このさい、贅沢《ぜいたく》を言ってもはじまらない。

「朝早くからすみません」

ともかく用件を切り出した千尋を、巡査は充血した目をしょぼつかせながら、ぼんやりと眺めている。千尋の話を聞いているのかいないのか、返事もしない。何ともしまりのない態度だった。

しかし気が急《せ》いている千尋は、そんなことにはおかまいなしに訴えた。

「――とにかく、恐ろしい犯罪が行われようとしているんです。いましも、すぐ近くで」

話しているうちに、だんだん熱が入ってきた。

おかげで内容はともかく、気迫だけは伝わったらしく、巡査の目つきがだんだんしゃっきりしてきた。ただし、巡査が関心を持ったのは――彼が怪しんだのは、見も知らぬ犯罪者ではなく、目の前にいる千尋自身だった。

とにかく、粗末な身なりをしていたのが良くなかった。

巡査は人を、衣服の良し悪しや、階級章や、貫録の有無、そんな『目に見える記号』で判断するたぐいの人間だった。自覚のあるなしにかかわらず権威に弱いのは、それを自らの後ろ盾にしている職業に就いている者にありがちな特徴である。

ともあれ、そのような男を相手にしなければならなかったのが、このときの千尋の不運だった。

大陸ではじまった戦争、それ以前から継続している経済の不振、政治家の暗殺未遂事件、庶民の生活苦。

昨今、巷では暗い事件が頻繁《ひんぱん》だった。資本を独占する財閥が盤石の威力を誇る一方で、うまく回らなくなった経済が、方々《ほうぼう》に悪い影響を及ぼしはじめていたのである。

そうなると当然、世の中に不安が蔓延していく。しかし、社会を安定させるために政府が取った政策は、庶民の生活を下支えすることではなく、反抗分子を警戒することだった。一般人の言論、行動への規制と罰則が、だんだん厳しく、過酷になりはじめていた。

それは都市部のみならず、田舎であっても同様で、不穏な人物はとにかく拘束《こうそく》して、取り調べるべしとの通達が広く行き渡っていた。なにしろ、『全体の利益のため』である。一個人に対する配慮は一切、無視された。とにかく怪しいやつを見かけたら主義者と疑え、である。

といって、主義者が何なのかと問われると、正確に答えられる者はめったにいないのであった。ただ、漠然と『忌《い》まわしい存在』というイメージだけが、人々に共有されていた。畏《おそ》れ多くも、王の治世に不服を唱える不届き者である。国家転覆《てんぷく》を目論む悪魔のような心根を腹のうちに隠して、耳触りのよい言説と、一見、親切そうなふるまいで善良な人間をたぶらかそうとする悪者――せいぜいが、その程度の認識であった。

田舎ではそこに、なじみのないモノに対する恐怖が加わって、主義者なるものは、何やら口にするのも恐ろしい、人に怖気《おじけ》をふるわせる怪物と決めつけられているのである。

結局のところ巡査は、粗末な身なりをしているのにもかかわらず、農民にも奉公人にも見えない、そのくせ、自分の知っている悪人の外見からは大幅にはみ出した千尋を、これは主義者に相違あるまいと結論づけたのであった。

——こいつはすこぶる怪しいやつ。

話に夢中になるあまり、自分に向けられた疑惑の視線に気づかないまま、千尋はさらに巡査に訴えた。

「これから案内します。一緒に来てください。それから、電話を貸してもらえますか。ともかく車を呼ばなくては」

「入ってこい」

ひとこと、巡査は言った。

巡査の態度や言葉遣いがいやに横柄なことに、かすかなひっかかりを覚えながらも、千尋は彼の言葉に従った。

「手を出せ」

わけがわからず、千尋は何気なく自分の手もとに視線を落とした。巡査はその両方の手に、がっちりと手錠をかけた。

「何をするんだ！」

思わず大きな声を出した千尋に、巡査は、猜疑《さいぎ》の地金を憎悪の火で鍛えて作ったような、険悪な視線を突き立てた。

「何をするかとは、こっちのせりふだ。貴様こそ、こんな朝っぱらから警察に押し込んでくるとは、何を考えとる」

「僕は——」

むきになって反論に出た千尋の言い分に、しかし巡査は少しも耳を貸さなかった。

「いま、本部に報告を遣《や》るからな。主義者つうのはな、立派な犯罪者だ。極悪もええとこだで。いっぺん監獄《かんごく》にぶち込まれて、そのひん曲がった性根を叩き直してもらえばええ。迎えが来るまで、神妙に首を洗って待っておけ」

せいぜい尊大に言い放って、巡査は事務机の上に置かれた電話機に歩み寄った。おもむろに受話器を取ったところで——パン、と鼓膜が痛むような高音が、あたりの空気を震わせた。次いで、ガシャン、ドカンと大きな音が響いた。

巡査は冗談のように飛び上がって、受話器を取り落とした。その場に尻もちをついた。さらに恐怖に裏返った声で叫んだ。

「てっ、てっ、テロリズムだ！　爆弾だ！」

ずいぶん物騒なことを言い出した巡査は、ときならず聞こえた異常音を、爆弾の破裂する音だと認識したらしかった。

——しかし、

千尋は両手を拘束されたまま、窓の外をうかがった。

さっきのは、どう聞いても爆発の音ではなかった。第一、このような片田舎の交番を狙って何になるのだろうと、部外者ながらにはなはだ疑問である。自分が政治犯なら、そんな無駄なことは間違ってもするまい。それこそ資源と労力の無駄遣いというものである。

それなのに、どういう覚えがあるのか、我が身が狙われていると勘違いした巡査は、度を失って大あわてだった。つかの間、不当な拘束を受けていることも忘れて、千尋は笑い出しそうになった。

「貴様、何がおかしいか！」

巡査はふっと緩んだ千尋の表情を目ざとく見とがめて、真っ赤になって怒鳴りつけたが、音の正体を確かめに外に出ていこうとはしなかった。もっとも、そんなことをしなくても、音の原因のほうから、勢いよくこちらに乗り込んできた。

「おい、ここにいたのか！」

乗ってきた自転車を乱暴に路上に捨て置いて、取る物も取りあえずといった体で一足飛びに交番に飛び込んできた男の顔を見て、千尋は目をみはった。彼が知人——夜見坂静《しずか》だったからである。

「おや、あっ、賀川《かがわ》さん？」

静は、素《す》っ頓狂《とんきょう》な声で叫んだ。

しばしの後《のち》、千尋と静は交番の隅に置かれた書き物机を挟んで、行儀よく対座していた。静の身分を知った巡査は、急に借りてきた猫のようにおとなしくなり、茶を淹れてきます、などとつぶやきながら、そそくさと奥に引っ込んでしまった。

その豹変《ひょうへん》ぶりは『納豆公爵の冒険』に登場する、悪役人さながらだった。どんなに気に入らなかろうと、腹が煮えようと、公爵に刃向かえば、悪役人は自分の足場を自ら切り崩すことになるのである。役人の高い立場を担保している権威の出処《でどころ》が、公爵の背後でかがやいているものと同じである以上、彼は公爵に恭順《きょうじゅん》の意を示すしかないのだった。

おかげで、巡査の悪意に満ちた誤解からは解放された千尋だったが、あまり気は楽にならなかった。夜見坂の問題が、そのままになっていたからである。思わぬところで顔を合わせることになった驚きもそこそこに、千尋は、始終心を占めている気がかりを静に切り出そうとした。

が、そうする前に、静が、がばと頭を下げた。

「申し訳ありません、賀川さん！」

びっくりしたのは、千尋のほうである。ここで静に出くわしたときも、ずいぶん不思議な心持ちがしたが、彼に謝られる心当たりなど、さらになかったからである。

静は夜見坂が旅行に出ることになった経緯と、冒険心が過ぎて、悪漢に連れ去られてしまったことを千尋に説明した。

問題は一向に片づかないどころか、さらに悪化したらしかった。夜見坂が、犯罪者に小船で誘拐されたというのである。

事情を聞いた千尋は、膝から力が抜けていくような不安を感じた。もし、椅子にかけていなければ、その場に座り込んでしまっていたかもしれない。

追って、吐き気のするような後悔が襲ってきた。

あのときなぜ、夜見坂の手を放したりしたのだろう。しかしこれで、行き先が完全にわからなくなったのだから、追いかけようもない。どこにも打つ手は残っていなかった。

顔色の変化が露骨だったためだろう。静が大あわてで千尋に言い繕った。

「いや、しかし、そう心配するには及ばんのです。あいつには一応、頼りになるお供が――いえ、護衛がついていますから。それに、逃げた野郎の行き先は、こいつが知っている――はずだったんだが、どうも……」

静は足もとで寝そべっている黒猫に目を遣った。

さきほど、静の先に立って交番に飛び込んできた猫である。猫の案内で――静はてっきりここに夜見坂がいると思い込んでいたらしい。

——しかし彼はどうして、猫が夜見坂君の行き先を知っていると信じたんだろう。

千尋は首をかしげた。しかも、さらに解せないことに、静は伴ってきた黒猫に、しきりに夜見坂の居場所を訊ねているのである。

——なぜ、猫に相談するんだ？

と、思ったが、静の様子があまりに真剣なので、何かの冗談とも思えず、さりとていま、その理由を確かめるのも憚《はばか》られて、よほど気が動転しているのだろうと察しをつけた。

そのうちに、しばらく静の足もとでじっとしていた猫が、つと立ち上がった。遠い物音に耳を澄ませるよう首をのべたあと、悠々と歩きだした。そのまま、交番を出ていく。

新たな動きを見せた猫に、すわと色めき立って、あとを追おうとした静を、しかし猫は完全に無視して、今度は踏み段の脇にうずくまった。小さなあくびをしてから、目を閉じた。

静はついに癇癪《かんしやく》を起こした。

「ええい、ちょっとは真面目に働いたらどうなんだ！」

意味のわからない罵倒《ばとう》を猫にあびせつつ、すぐさま交番のなかに取って返してきて、電話機に飛びついた。そして、むやみに呼び出しをかけはじめた。自ら心配には及ばないと口にしておきながら、たいへんな心配ぶりであった。

しかし。

子供をさらって逃げた小船の行方を探す——まるで雲をつかむような話であるうえに、まだ始業前の早朝のことである。港湾事務所には電話の受け手自体がおらず、ちょうど始発時刻にかかった駅事務所も、大方の職員が出払っていて、子供の捜索どころではなさそうだった。が、静はしつこかった。苛々《いらいら》しながら、何度もダイヤルを回した。

何かをせずにはいられないから、そうしている——気休めのような活動であった。それでも、さすがに、猫を頼るのはやめたらしい。

夜見坂の安否を確かめる有効な手段を持たないのは、千尋も同じことで、何かしようとするのだが、気ばかり焦ってろくな考えが浮かんでこなかった。

千尋は交番の外に出た。

道の真ん中に放り出された自転車を起こして、道端に寄せた。ぺちゃんこになった前輪のゴムチューブが、ぎしぎしと鳴った。先ほど聞いた音は、パンクしたタイヤがたてた音だったらしい。古釘を踏んだ自転車は、その勢いのまま、道路脇の立て看板に激突したものらしく、鋼板《こうはん》が大きくひしゃげていた。

一方、目を閉じた猫は、依然、ぴくりとも動かない。もう寝てしまったのだろうか。

と、思った矢先だった。ぱちりと目を開いた猫と、こつんと視線がぶつかった。黄色い瞳がじっと千尋を見た。それから、にゃあ、と甘い声で鳴きかけた。

猫は、すらりと立ち上がって歩きだした。千尋がぽかんとしていると、しばらく行ったところで足を止めた。千尋を振り返る。いつまでも見ている。何だろうと近づいていくと、また歩きだす。

行方知れずになった友人を心配するあまり、半ば放心の体でいた千尋は、猫の動きにつられて、さして何を考えるでもなく、そのあとに従った。

街なかを流れる川に沿って、猫は足取りも軽く、すいすいと移動していった。陽が昇りきってから、まだいくらもたっていなかったが、あたりにはもう、こぼれるような光があふれていた。真新しく透き通った、朝の光だ。

暑さはそれほどひどくなかった。あの、不快な湿度に至っては、ほとんど感じられない。このあたりの気候は、善京町《ぜんきょう》とはまるで違っていた。

涼しい夏の朝。いなくなった友人。非日常的な環境は、千尋に、まるで夢のなかに迷い込んだような錯覚を覚えさせた。

川と並走するように整備された道路には、間近に迫った山の木々が、濃い緑の枝葉を差しかけていた。生気が滴《したた》るような青葉の日傘が、道なりに、長々とした木陰を作っている。いつの間にか、蟬《せみ》が鳴きはじめていた。山が近いせいか、蟬の鳴き声はすこぶる多彩だった。その音量に至っては、耳が痛くなるほどである。空っぽの頭のなかに、虫の声や、川の水音や、鳥の羽音が脈絡なく響きあって、つかの間、千尋をぼんやりとさせた。

そのときだった。

道路の真ん中を歩いていた黒猫が、ひょいと歩道の金柵に飛び乗った。千尋は、黒猫の動きにつられるようにして、視線を上げた。

道のはるか遠くを、乾いた砂埃《ぼこり》を巻き上げながら、自動車がやってくるのが目に入った。猫は早々に、自動車を避けたものらしい。

そこで、千尋も金柵の側に寄って、猫と同じく自動車に道を譲ろうとした。

ところが、自動車は千尋と猫の前を行き過ぎることなく、数メートル手前の路上で動きを止めた。思いがけない成り行きに、故障でもしたのだろうかといぶかったところで、車のドアが開いて、猫が降りてきた。大きな三毛猫である。

背後で黒猫が、にゃあと鳴いた。その声に呼ばれるようにして、千尋は後ろを顧《かえり》みた。

何もいなかった。

黒猫が見えなくなったことを怪しみながら、ふたたび自動車のほうに視線を戻すと、三毛猫までいなくなっている。さっきまでそこにいたはずの二匹の猫は、跡形もなく姿を消していた。

そのかわりに、夜見坂が立っていた。

「ただいま、千尋さん」

学校から戻った中学生のような、いかにも平気そうな言い方だった。

「夜見坂君……」

呆然とつぶやいた千尋を、夜見坂はかえって不思議そうに見ていた。千尋がそこにいることが、意外だとでもいうように。

夜見坂は、来た道を引き返していく自動車に一瞥《いちべつ》をくれたあと、行きましょう、と歩きだした。ぼんやりとしているうちにどんどん遠ざかっていく夜見坂の背中を、千尋は釈然としないまま、追いかけた。

——いままでどうしていた。

——身体は平気か。

——こんなふうに心配させるなんて、ひどいじゃないか。

言いたいことはたくさんあったが、ちぐはぐな感情が胸のなかでこんがらがって、うまく言葉にならなかった。

「……迎えに来てくれたんですね」

黙ったままでいる千尋に、夜見坂が言った。

「ほんとうは、用が済んだら直接元待町《もとまち》に帰るつもりにしていたんだけど、コチョウが千尋さんと静さんが、まだここにいるって教えてくれたから」

「うん、ここにいた」

「それ、やっぱりおれのせいですよね」

げっそりと面やつれした千尋の顔を、夜見坂は申し訳なさそうにのぞき込んだ。

「そうだ、きみのせいだよ。こんなふうに怖い思いをさせられたのは」

「大丈夫だって言ったのに」

「そんなふうには思えなかった」

「信用ないんだな。ほんとうに平気なのに。これ、ちょっとした遊びだったんです。納豆公爵ごっこ。当然、護衛の『醬田油三郎《しょうだゆさぶろう》』と案内役の『辛子葱之進《からしねぎのしん》』も一緒だから、何の心配もいりません」

「護衛？　どこにそんな――」

言いかけて、千尋は、はたとそれに思い当たった。

――猫か。

「黒いのと、三毛の。それじゃあ、あれがきみの――」

「お供です」

――ああ、そうか。

自分はまた、余計な心配をしていたのかと、千尋は、気が抜けたような気持ちになった。まじないを生業《なりわい》にしているこの少年に限って、ふつうのものさしが通用するはずがなかったのである。そのことをすっかり忘れていた。

「不正が正されるところを見るのはおもしろいでしょう？　講談本やお芝居なんかで」

「うん」

「それを自分でもやってみたいな、って……これ、そういう趣向の旅行だったんです」

――何て……はた迷惑な趣向なんだ！

思わずとなりを歩く少年に抗議のまなざしを向けた千尋に、夜見坂は居心地悪そうに身をすくめた。

「まさか千尋さんが、そんなに深刻になるとは思わなかったんだ。旅行に出かけるのがうれしくて、ついでに暑い下宿に閉じこもっている千尋さんにも、気分転換をさせてあげたくて誘ったんですけど――」

夜見坂の弁解の言葉は次第に尻つぼみになって――おしまいに、やっと小声でつけ加えた。

「……すみません。もうやりません」

それにしても、とんでもない旅行につき合わされたものである。千尋は、夜見坂の異常な趣味と極端な行動力にあきれたが、許してやることにした。一応、反省している様子ではあるし、それに――。

「とても愉快な旅行だったよ。人売りの真似ごとをさせられるまでは、だけど。ともあれ、久しぶりにあの息が詰まるような暑さから解放されたのだし、焼き魚はうまかったし、誘ってくれて……よかった」

千尋が半ば同情からひねり出した、至って寛容な評言に、夜見坂の表情がぱっと明るくなった。

「だったら、おれもうれしいです。

ところで、千尋さん。おもしろい話を聞きたくありませんか。じつは、いいのがあるんです。その人、お金持ちに生き肝を食べさせて、大金を巻き上げるのが仕事なんですけど、ちっとも犯罪者じゃなくて、カミサマなんです」

夜見坂は急き込みながら話しはじめた。どうやら、夜のうちにあったいろいろなことを説明しようとしているらしかったが、話を簡略化しすぎているせいで、その内容については、まったく要領を得なかった。

「きみが何を言っているのか、さっぱりわからない」

千尋に苦笑されて、夜見坂は口許に押し寄せたたくさんの言葉を、あわてて引っ込めた。しばしの沈黙の後、あらためて次の言葉を口にした。今度はいくらか落ち着いて。

「じゃあ、はじめから説明します。これ、何百年も生きている人の話なんです——」


明るい朝陽《あさひ》に照らされた歩道を、のんびりと歩ききって、千尋と夜見坂が交番に帰り着いたとき、静はがっくりと机上に突っ伏していた。

子供をさらって逃げた男を見つけるための、あらゆる努力は空振りに終わって、それ以上の策を持たない静の上に、真っ白な放心の時間が訪れていたのである。

夜見坂がふつうの子供でないことは、一応、承知していた。常人の感覚でははかり知れない技術を操ることも知っている。当人の言うとおり、通常ならどうしようもない危機も、どうにでも切り抜けられるのかもしれない。が、それでもやはり、落ち着いてはいられなかった。いま現在の、夜見坂の安否が気になって仕方がないのである。

そもそもが、好きこのんで犯罪者にかかわるなどとは、馬鹿げた話ではないか。しかし、そんな馬鹿げた行為の発端になったのは、紛れもなく自分の無駄口で、馬鹿の大本は何といっても、静自身なのだった。

「俺は大馬鹿だ！」

思わず叫んで起き上がったところで、戸口に立った人の姿が目に入った。

静の顔が、不格好にゆがんだ。

「ただいま、静さん」

普段と同じ調子であいさつをする夜見坂を前にして、静はしばらく口をきくことができなかった。が、やがて言った。

「おう、思ったより早かったな」

まったく予期しなかった成り行きに直面して、大あわてでとり散らかった感情を片づけた。その結果、本心とは裏腹に、仏頂面での返事になった。

夜見坂がしゅんとした。

「ごめんなさい、静さん」

それで、いままでの不機嫌がいっぺんに吹き飛んだ。

——そうかそうか、俺に心配をかけたって自覚があるんだな。まあ、そっちがその気なら、許してやらんこともない。

内心でうんうんとうなずきながら、赦《ゆる》しの言葉を口にしかけたとき——。

夜見坂が言った。

「じつは、しかるべき犯罪者を都合できませんでした。あの人、思ったより悪者じゃなかったんです。悪人退治に飢えている静さんに、悪者をひっくくる機会をあげたかったのに。それだけが心残りです」

──そっちかよ！

ちょっとは可愛《かわい》いところがあるじゃねえか、などと思ったりしたのが間違いだった。これほど心配をかけておきながら、図々しいことに、夜見坂はどこまでも静の保護者気取りなのであった。

「──だから、悪人退治は諦めてもらわなくちゃならないけれど、どうでしょう。かわりに、ゆっくり避暑を楽しんでいきませんか。

おれと、千尋さんと、静さんでもう二、三日、どこかに泊まって──ぜひ、鰻《うなぎ》釣りをやりましょう。きのう、宿の給仕の人に聞いたんです。こんなふうに川が濁っているときは、狙い目だって。道具を借りて、たくさん釣って、それで、鰻づくしの宴《うたげ》を張るんです。考えるだけで、お腹《なか》が空いてきませんか。

ねえ、いいでしょう？　ふたりとも、ちょうど夏休み中なんだし」

「馬鹿野郎！」

思わず大きな声を出していた。音量の大部分が、八つ当たりと気恥ずかしさのなせるわざであった。持て余した愛は、人を激しくひねくれさせるのである。

そうしてしまってから、ひょっとしてこれが、夜見坂が言っていた『謎の価値観にとらわれた男の姿』なのだろうかとヒヤリとしたが、せいぜい大人らしい態度で静は言った。

「俺は忙しいんだ。これから、あの屋敷に戻って、放ったらかしにしている男に詳しい事情を訊いて、調書を作らにゃならん」

じつは、彼のことは、いまのいままで忘れていたのだが、そんなことはおくびにも出さずに言った。

夜見坂が口をとがらせた。

「忙しい、忙しいって。静さん、そんなだから、私生活がぜんぜん充実しないんだ。おれに対してならともかく、もし奥さんができたら、そういうこと、しちゃだめですよ。誰かといい関係を保つには、相手を知るための時間がどうしたって必要だもの。性別や年代が違う相手となると、なおさらです。油断してると、二度と信用を取り戻せなくなります」

——信用？

静の脳裏に、ふて腐れた小さな子供の顔が浮かんだ。

「おまえ、まさか、十年近くも前の——あの、蛸《たこ》捕りの約束のことを、いまだに根に持っているわけじゃあるまいな」

「そんなわけないじゃないですか。おれを幾《いく》つだと思っているんですか。いまじゃ、旅行くらいひとりでできます。誘えばつき合ってくれる人だってあるんです。もう、静さんなんかあてにしません」

ぷいとそっぽを向いた夜見坂を見て、しかし、静は確信した。

――こいつ、やっぱり根に持っていやがる。

静は弱々しいまなざしを、かたわらに立つ千尋に向けた。

――すみません、うちのやつが、いつも、いつも、ご迷惑を……。

目顔でわびて、静はしょんぼりと交番を出た。

朝の光が、中年男の寝不足の目に、ひりひりとまぶしく染みた。

6

『十万円詐欺《さぎ》』の見出しが新聞を飾ったのは、その翌々日のことであった。

危ういところで詐欺の難を逃れた、長島《ながしま》商店会長、長島鉄五郎《てつごろう》氏が、現場となった廃屋で、巡査長に救出されるまでの顛末《てんまつ》は、大袈裟《おおげさ》に脚色されて、新聞各紙を賑わせた。

十万円は無事に長島家の金庫へと戻され、保護された長島は、大病院の特別室で護衛係にしっかりと守られたうえ、特別な治療に加えて、特別に手厚い看護を受けることになった。

さらに後日、長島の証言をもとにして、次のような警告が新聞の片隅に掲載された。

――名士、紳士の方々、人魚の肉を騙《かた》る贋薬《がんやく》に注意されたし。延命長寿を謳《うた》った、かの偽薬の正体は、鶏《にわとり》の生き肝なり。代価として、十万円という、法外な金銭を要求するものなり。不治の病の苦しみの渦中にある、善良なる市民を冷酷に狙う卑劣《ひれつ》漢こそ憎むべし。

子供の生き肝云々《うんぬん》ついては、もちろん表沙汰《ざた》にされることはなかった。長島があえてそれを明かさなかったからである。したがって、彼が業者と共謀して子供を『食べよう』とした事実が人に知られることはなかったものの、記者は偶然ながらに、非常に的確な呼び名を犯人に与えた。曰《いわ》く、『吸血蝙蝠《こうもり》』。人の生き血をすすって生きる、極悪人というわけである。

しかし巷《ちまた》では、『蝙蝠小僧』という呼び名のほうが、俄然《がぜん》通りがよかった。犯人が極悪人というより、義賊といった趣《おもむき》で扱われているのは、もっぱら長島氏の世に知られた数々の行いへの、人々の正直な評価であった。

一方、犯人は逃したものの、ひょうたんから駒が出た格好になって、詐欺事件を首尾よく解決した静《しずか》には、刑事部長から大仰なねぎらいの言葉と、二日間の特別休暇が与えられた。

庁舎に留置されていた男は、結局、監獄《かんごく》に送られることになった。返済金の工面ができなかったからである。ひとりとり残された彼の弟はその後、『遠い親戚』に引き取られていった。

ありふれた顛末ながらに、兄弟が住居《すまい》していた長屋の大家は、鳥打帽《とりうち》をかぶった、その若い男の容姿をよく覚えていた。善人のようには見えず、さりとて悪人とも思えない、不思議な雰囲気の男だったということである。

千尋《ちひろ》の下宿にふたたび夜見坂《よみさか》が姿を見せたのは、旅先から帰って間もなく、やはり暑さ厳しい土曜の午後のことであった。

「千尋さん、これから一緒に出かけませんか」

玄関先にあらわれるなり、前置きもなく切り出した夜見坂を、千尋は大いに警戒した。

とりあえず、夜見坂の様子を注意深く観察してみた。

今日は別段、服装におかしなところはないようである。足もとは、革靴。いつもと変わらない格好をしている。旅行鞄も、風呂敷包みも持っていない。しかし、どうして今回もまた、

――目的語が脱落しているんだ？

「頼むから、何かの誘いなら、先に用件を言って、変な趣向のついていないやつにしてくれ」

つきつけるように要求した千尋に、夜見坂は心外そうな顔を見せた。

「いやだな。今日は至ってふつうのお誘いですよ。こないだ、また今度って約束したでしょう？　千尋さんが話していた甘味《かんみ》屋さん、もう九月に入ったことだし、氷、終わっちゃう前に早く食べに行かなきゃと思って」

「なんだ、」

千尋はほっとして、緊張を解いた。

「そういうことなら、すぐにでも」

下駄箱を開けて、靴を取り出した。

「しかし、そう急がなくても大丈夫だよ。この街は、ほんとうにいつまでも暑いから。あの店も、九月いっぱいは氷を出すんじゃないかな」

そんな話をしながら、千尋は夜見坂と一緒に油照りの戸外へ出た。


冷たい光をきらきらとまき散らしながら、氷削機が硝子《ガラス》の器のなかに氷の破片《はへん》を積み重ねていく様子を、夜見坂は食い入るように見つめていた。

氷が削られていくところをよく見たいというので、夜見坂が一も二もなく選んだ席は、氷削機の載った台の、すぐとなりのテーブルだった。おかげで、機械の振動が、かけている椅子にまで、がたがたと伝わってくる。何がおもしろいのか、氷削機の仕事ぶりを見守る夜見坂のまなざしは、非常に真剣である。

「氷削機を見るのが初めてというわけでもなかろうに」

笑った千尋に、夜見坂は首を振った。

「初めてでなくても、何回見ても、いい眺めです。『いいもの』には、何度でも触れたい。今日みたいな暑い日には、半日でも見ていたいくらいです」

　夜見坂はひととき千尋に向けた視線を、ふたたび氷に戻しながら言った。

「生きているって、すてきですね。こんなふうに何度でもいいものに出会えるから。だけど、もしこの世からひとつもいいものがなくなってしまったら——きっと、生きる甲斐《かい》がないだろうな」

「また、ずいぶんロマンチックなことを言い出したね。しかし大方の人間は、そんなことは考えてもいなさそうだよ。僕なんかもすこぶる散文的に、あくせく暮らしている」

「考えていなくても、そうなんです。だからおれは、この世にいいものがうんと増えればいいと思う。『この世は苦界』だなんて言い方、やっぱり認めたくありません。きっとそんなこと、それらしい作り話に決まっていますよ」

「作り話？　そうだね。世間にあふれる不幸をそんなふうに言い切ってしまうのは、なるほど、なかなか爽快《そうかい》なことにはちがいないね」

　それこそ愉快な作り話を聞いた人のように鷹揚《おうよう》な笑みを浮かべた千尋を、夜見坂は不服そうに見遣《みや》った。

「ほんとうですよ。

苦界の物語が語られはじめたのはいつからか。それを肯定し続けているのは誰なのか。どうしたら、その虚実をあきらかにすることができるのか」

唐突に持ち出された問いに、千尋は首をかしげた。話し手の意図をはかりかねて黙ったままでいる呑《の》みこみの悪い聞き手に、夜見坂はただ、謎めいた微笑を見せた。

「いまだ語られない物語……答えはきっと、目の前の事実のなかにあるはずです」

そんな話をしているうちに、注文していた白玉氷が到着した。

硝子の器にこんもりと盛りつけられた雪の山。そこにたっぷり白蜜《しろみつ》を含ませて、さらに白玉を五つ、六つ——この店の白玉氷は、真っ白な装いをしていた。薄く、細かく削られた氷片は口に含むと、冷たい雲のようにはかなく溶けた。白砂糖のすっきりとした甘みがさわやかで、すぐに次のひとくちが欲しくなる。

白玉氷の輝くような山肌に、さっそく匙《さじ》を突きたてた夜見坂は、大胆にすくい出した大きなひと匙を頬張《ほお》った。

千尋もそれにならった。甘さと冷たさが口のなかから、身体《からだ》全体に広がって、この街の蒸し風呂のような暑さを、すっきりと洗い流してくれるようだった。

——いいものは、それに触れた人間をしあわせにする。

夜見坂の言い分は正しかった。

千尋は、向かいの席でいかにも幸福そうに氷を口に運んでいる風変わりな友人を、しみじみと眺め遣った。何ということのない現実が、ひどくありがたいことのように思えた。

——こんなふうにいいものがあるこの世は、確かにいいところだ。

正直な心で、そう思った。

身体が溶けてしまいそうなほど暑い夏の昼下がりに、白玉氷をさらにひと匙。

薄青色の硝子の器におさまった『いいもの』は、ほんとうにしあわせの味がした。

※この作品はフィクションです。実在の人物・団体・事件などにはいっさい関係ありません。

集英社オレンジ文庫をお買い上げいただき、ありがとうございます。
ご意見・ご感想をお待ちしております。

●あて先
〒101-8050　東京都千代田区一ツ橋2-5-10
集英社オレンジ文庫編集部 気付
紙上ユキ先生

集英社
オレンジ文庫

金物屋夜見坂少年の怪しい休日

2016年12月21日　第1刷発行

著　者　紙上ユキ
発行者　北畠輝幸
発行所　株式会社集英社
〒101-8050東京都千代田区一ツ橋2-5-10
電話【編集部】03-3230-6352
【読者係】03-3230-6080
【販売部】03-3230-6393（書店専用）
印刷所　大日本印刷株式会社

※定価はカバーに表示してあります

造本には十分注意しておりますが、乱丁・落丁(本のページ順序の間違いや抜け落ち)の場合はお取り替え致します。購入された書店名を明記して小社読者係宛にお送り下さい。送料は小社負担でお取り替え致します。但し、古書店で購入したものについてはお取り替え出来ません。なお、本書の一部あるいは全部を無断で複写複製することは、法律で認められた場合を除き、著作権の侵害となります。また、業者など、読者本人以外による本書のデジタル化は、いかなる場合でも一切認められませんのでご注意下さい。

©YUKI KAMIUE 2016　Printed in Japan
ISBN 978-4-08-680111-9 C0193